追寻阳光，向往光明

至爱

庆群谈『志愿文学』

徐庆群 ◎ 著

希望出版社

图书在版编目（CIP）数据

至爱：庆群谈"志愿文学"/徐庆群著.--太原：
希望出版社，2020.6
（向日葵文库）
ISBN 978-7-5379-8351-8

Ⅰ.①至…Ⅱ.①徐…Ⅲ.①随笔－作品集－中国－
当代Ⅳ.①I267.1

中国版本图书馆CIP数据核字（2020）第058570号

至爱 庆群谈"志愿文学"　　　　　　　　徐庆群 ◎著

出　版　人：孟绍勇		出版发行：希望出版社	
项目策划：田俊萍		社　　　址：山西省太原市建设南路21号	
责任编辑：田俊萍		邮政编码：030012	
复　　审：刘志屏		经　　销：全国新华书店	
终　　审：孟绍勇		印　　刷：山西人民印刷有限责任公司	
美术编辑：安　星		开　　本：890mm×1240mm　1/32	
封面题字：孤　桐		印　　张：6	
供　　图：徐庆群　袁　来		版　　次：2020年6月第1版	
插　　画：王广州		印　　次：2020年6月第1次印刷	
装帧设计：张永文		书　　号：ISBN 978-7-5379-8351-8	
印刷监制：刘一新　杨　炜		定　　价：35.00元	

作者近照

徐庆群

笔名小小，女，副编审。中国作家协会会员，中国青年志愿者协会常务理事。发起公大读书会、人民出版社读书会、全国读书会联盟、三人行读书会，荣获"全国巾帼建功标兵""全国三八红旗手"等荣誉称号。中央电视台"朝闻天下""实话实说"栏目，中央人民广播电台"中国之声"栏目等多次采访报道，个人事迹专题片在中央电视台"道德观察"栏目播出。因长期从事志愿服务、志愿精神研究及宣讲，被誉为"志愿者宣传家"。

出版报告文学《他们在行动——中国志愿者纪实》（中国作家协会重点扶持作品）、《以学资政》、《当我从天安门前走过》（共青团中央青年志愿者工作部首部推荐阅读作品）、《我们在一线》，诗集《我经过的时候，你知道》等；主编"四十年四十人"系列丛书之《亲历中国四十年》《我们在一起——北京志愿者赴四川抗震救灾纪实》，编写《爱心无国界——广东志愿者缅甸行》；创作《当我从天安门前走过》《诞生自己》《微笑的杜鹃花》《逆行的天使》等歌词；在《人民日报》等报刊公开发表作品五百余万字。个人微信公众号"小的爱（xiaodeai520）"受到广大青年的喜爱。

欢迎读者朋友们
就志愿服务和"志愿文学"创作的
相关话题在本公众号留言

以更高质量更大数量"志愿文学"的创作，推动和引领志愿文化的发展

张朝晖

　　庆群是谈"志愿文学"最合适的人选。作为一名资深志愿者，庆群的志愿服务实践非常丰富，她对志愿者和志愿者事业有着刻骨铭心又迥异于常人的理解和坚守。作为一名作家，她 2006 年出版的报告文学《他们在行动——中国志愿者纪实》赢得了广泛的赞誉，迄今为止仍然是"志愿文学"的代表性作品。庆群与"志愿文学"有着宿命般的不解之缘，她说过，"我文学创作的底色和底气，全部来自'志愿文学'"。

　　本书是《中国青年作家报》"庆群谈'志愿文学'"专栏文章的合集。从 2019 年年初开始，我一直是这个专栏的忠实读者。最吸引我的，是庆群娓娓道来的文风。这些文章讲

述了庆群作为志愿者的故事、作为观察者的思考、作为写作者的困惑，笔端含情，文字生动。从第四篇开始，庆群结合自己的创作经历，用较多的篇幅讲述"志愿文学"的创作体会，从多个角度、深入浅出地向读者传达了自己对人生、对文学、对志愿者事业的理解和思考。

2017年春末，我们提出了"志愿文学"的概念，开展了一系列"志愿文学"创作和推广的活动，最直接的动因，是为了给志愿者事业插上文学的翅膀。我们认为，"志愿文学"与志愿者事业相伴而生、共同发展，已经是一个现实存在的文学形态、文化现象。在投身志愿服务的过程中，志愿者做着平凡的事，积累和沉淀了许多有血肉、有梦想、有情感的故事。志愿者们以"支教日记"、散文、诗歌等形式记录自己的志愿故事、所思所想，创作了大量洋溢着青春激情和时代气息的文学作品，其独特的价值应该引起高度重视。"志愿文学"概念的提出，就是为了呼唤更多的人关注这个独特的文学形态，以更高质量更大数量"志愿文学"的创作，推动和引领志愿文化的发展。

志愿服务归根结底是一种先进文化现象，志愿者事业是改革开放以来涌现出的最具价值的新文化现象之一。在志愿者事业发展的过程中，我们发现，纯净的志愿服务价值与多彩多义的志愿服务实践之间的张力和矛盾，为立足新时代的现实主义文学创作带来了重要的机遇和广阔的空间。高质量的、以志愿者和志愿者事业为对象的文学作品，在宣传志愿者事迹、弘扬志愿者精神的同时，也将有力拓展志愿者事业的想象空间，极大提升志愿者事业的文化品位。

随着志愿者事业的发展，我们越来越坚定地认识到，"志愿者事业要同'两个一百年'奋斗目标、同建设社会主义现代化国家同行"，志愿者事业所担负的是一种新的服务于民族复兴的文化使命。着眼于新文化的建设，以奉献、友爱、互助、进步为核心价值的志愿精神，必将成为中国特色社会主义文化的高尚元素。

志愿者事业是要载入史册的。"文章合为时而著，歌诗合为事而作"，讲述志愿者故事，塑造志愿者群体形象，唱响新时代雷锋之歌，是"志愿文学"的使命和价值。本书是庆群"志愿文学"创作的又一次积极探索和重要收获，相信也会像《他们在行动——中国志愿者纪实》一样赢得广大读者的喜爱，带动更多的青年投身于"志愿文学"创作中。

（作者系共青团中央青年志愿者行动指导中心党委书记、中国青年志愿者协会副会长兼秘书长）

目 录

好的文学，
你一定能在里面找到自己

"志愿文学"，的确很新。

这种称谓，就诞生在近两年。

所以，我们说它是一个新兴的形态。

但是，它能否成为一个文学形态，还需要志愿者、作家以及广大读者共同培育。

当然，现在我们姑且称它为一个新兴的文学形态吧。

新兴的事物出现了，就有一个发展的过程。我们对待新兴事物的态度，一方面充满好奇，想参与和投入；一方面也在观望：它到底是什么？能够长大吗？

当然，观望的本身也包含着好奇。于是，可能有人会问：

"志愿文学"作为一种新兴的文学形态，其创作如何入手？

提出这个问题的读者，我想，一定是位文学爱好者，同时对志愿服务也充满热爱，或许自己本身就是一名志愿者吧。回答这个问题，我想，首先应该弄清楚什么是文学。

文学，是指以语言文字为工具，形象化地反映客观现实和表现作家心灵世界的艺术，包括诗歌、散文、小说、戏剧、寓言、童话等，以不同的形式（体裁）表现内心情感，再现一定时期和一定地域的社会生活，是文化的重要表现形式。

这段话，能很好地帮助我们理解"文学即人学"的概念。

文学说到底，就是反映客观现实、再现社会生活、表现心灵世界、观照生命状态的一种文化艺术形式。再说得简单一点，文学反映的是人的生存状态。

20世纪苏联著名的文学理论家季摩菲耶夫在《文学原理》一书中这样说："人的描写是艺术家反映整体现实所使用的工具。"

可能有人又会问：如果描写的是自然景色呢？

那描写的其实也是作家眼中、心里的自然景色。好的文学，你总会在里面找到自己，找到你与作家跨越时空对话的体验，找到你与大自然交流互动的感觉。如果找不到自己，那便不是好的文学。

古代，文学也指人。据载，汉武帝为选拔人才特设"贤良文学"科目，由各郡举荐人才上京考试，被举荐者便叫"贤良文学"。"贤良"是指品德端正、道德高尚的人；"文学"则指精通儒家经典的人。魏晋以后，有"文学从事"之名。唐代于州县置"博士"，德宗时改称"文学"，太子及诸王以下亦置"文学"。明清废。

关于文学的目的和任务，苏联作家高尔基在他的一篇题名《读者》的特写中这样说道："文学的目的是要帮助人了解他自己，提高他的自信心，并且发展他追求真理的意向，和人们身上的庸俗习气做斗争，发现他们身上好的品质，在他们心灵中激发起羞耻、愤怒、勇气，竭力使人们变为强有力的、高尚的，并且使人们能够用美的、神圣的精神鼓舞自己的生活。"

因此，文学就是人学，反映人在客观生活和现实命运中的状态，以及在这种状态下的所思、所想、所为；并由此提升和完善人性，激励和鼓舞命运。

忽如一夜春风来

上一篇文章讲了什么是文学，这篇文章主要探讨一下，什么是"志愿文学"。

显然，"志愿文学"是一种文学思潮。

什么是文学思潮呢？它是指一定历史时期和一定地域内形成的，与社会的经济变革和人们的精神需求相适应的，具有广泛影响的文学思想和文学创作的潮流。

有研究者认为，纵观中国文学发展的历史，以明清时期形成的文学思潮较有代表性，即以李贽、袁宏道、汤显祖、吴承恩的作品为代表的浪漫主义，以孔尚任的《桃花扇》和洪昇的《长生殿》为代表的感伤主义，以曹雪芹的《红楼梦》（包括我们熟悉的晚清谴责小说）为代表的批判现实主义。

在中国现代文学史上，五四新文化运动可以说是一次较大规模的文学思潮。进入新时期，又出现了多个不同的文学思潮：改革开放初兴起的以刘心武《班主任》、卢新华《伤痕》等作品为标志的"伤痕文学"，观照人们在"文革"中的遭遇及心灵创伤；继"伤痕文学"之后出现的以茹志鹃《剪辑错了的故事》、张贤亮《灵与肉》等作品为代表的"反思文学"，着重对新中国成立十七年（1949—1966）、"文革"十年，甚至更早的历史及人的价值的思考；党的十一届三中全会以后，以蒋子龙《乔厂长上任记》、贾平凹《鸡窝洼的人家》等作品为代表的"改革文学"，展现改革给城市和农村发展带来的新气象及产生的新问题。除了小说以外，诗歌、散文等方面也都有不同的思潮呈现。

党的十八大以来，要说文学思潮的话，我想，"志愿文学"应该是重要的一个。

"志愿文学"进入大众视野，源于 2017 年 10 月共青团中央[1]与中国作协[2]联合举办的"志愿文学"征文活动。随后，"志愿文学"论坛、"志愿文学"网络作家基层行采风活动在

---

[1]共青团中央：全称为中国共产主义青年团中央委员会。
[2]中国作协：全称为中国作家协会。

全国展开，可谓"忽如一夜春风来，千树万树梨花开"。在广西师范大学团委工作的苏明老师发出这样的感慨："在成都的武担山脚下，在西藏、新疆、贵州的山尽云深处，我体会了文字的力量、志愿的力量，也见证了文学与志愿碰撞所闪现的温暖和纯真。"

当然，任何一种文学思潮都不是从天上掉下来的，它一定是源于深刻的时代背景和强烈的现实召唤。

无论是 1983 年 2 月 27 日在北京市西城区大栅栏街道西柳幼儿园签订的第一份"综合包户"协议书，还是 1993 年 12 月两万余名青年亮出"青年志愿者"旗帜，在京广线开展为旅客送温暖志愿服务，中国志愿服务事业是伴随着中国改革开放兴起、发展，并成为一种社会潮流和时代风尚的。

党中央高度重视志愿服务事业，大力倡导志愿服务活动。党的十九大报告指出，"推进诚信建设和志愿服务制度化，强化社会责任意识、规则意识、奉献意识"。如今，从少年到青年，从中年到老年，越来越多的人参与其中，汇聚起磅礴的社会正能量，散发出灿若星辰的独特魅力。这种魅力是通过每一个参与其中的志愿者奉献和呈现的，是通过志愿者做出的每一件平凡的事情累积和彰显的，是通过接受志愿服务的每一个弱势群体支持和铸就的，是通过心手相牵的志愿精神汇集和传承的。那些有血有肉、有爱有梦、有情怀有大义、有良知有担当的故事，不仅属于志愿者，更属于每一个人，属于人类命运共同体的每一分子。发掘、整理、创作、出版那些散落和埋藏在亿万志愿者笔尖和心中的感悟、日记、书信，是新时代中国文艺工作者特别是作家的责任和使命。

在中国文联[1]十大、中国作协九大的开幕式上，习近平总书记嘱咐作家、艺术家，"对文艺来讲，思想和价值观念是灵魂"，"歌唱祖国、礼赞英雄从来都是文艺创作的永恒主题，也是最动人的篇章"，"要把提高作品的精神高度、文化内涵、艺术价值作为追求，让目光再广大一些、再深远一些，向着人类最先进的方面注目，向着人类精神世界的最深处探寻，同时直面当下中国人民的生存现实，创造出丰富多彩的中国故事、中国形象、中国旋律，为世界贡献特殊的声响和色彩、展现特殊的诗情和意境"。习近平总书记反复强调，必须坚持以人民为中心的创作导向，"文艺创作方法有一百条、一千条，但最根本的方法是扎根人民。只有永远同人民在一起，艺术之树才能常青"。

深入学习贯彻习近平总书记文艺思想，高举志愿精神火

---

[1]中国文联：全称为中国文学艺术界联合会。

炬，用文学形态讲述志愿故事，唱响新时代真善美之歌，从而凝聚中国力量，传播中国声音，我想，这是"志愿文学"应该秉持的品质和应该具备的内涵。

我们需要一个"乔厂长"

前两篇文章分别讲了什么是文学，什么是"志愿文学"，这篇文章主要讲"志愿文学"应该如何创作。

"我出访所到之处，最陶醉的是各国各民族人民创造的文明成果。"这是《在文艺工作座谈会上的讲话》中，习近平总书记提及的。

接着，习近平总书记列举了几个国家和几个民族的例子：从古希腊的神话、寓言、雕塑、建筑艺术，到俄罗斯、法国、英国、德国、美国的文学艺术巨匠，从印度的诗歌、舞蹈、绘画、宗教建筑和雕塑，到中国的老子、孔子、庄子、孟子、屈原、王羲之、李白、杜甫、苏轼、辛弃疾、关汉卿、曹雪芹，还列举了鲁迅、郭沫若、茅盾、巴金、老舍、曹禺，列举了聂耳、冼星海、梅兰芳、齐白石、徐悲鸿，列举了诗经、楚辞、汉赋、唐诗、宋词、元曲以及明清小说，列举了《格萨尔王传》《玛纳斯》《江格尔》史诗，列举了五四新文化运动、新中国成立到改革开放的今天，都"产生了灿若星辰的文艺大师，留下了浩如烟海的文艺精品，不仅为中华民族提供了丰厚滋养，而且为世界文明贡献了华彩篇章"。

习近平总书记对世界优秀文学艺术作品和圣贤大师如数家珍。这不仅说明了优秀的文艺作品对习总书记个人思想和人生的重要影响，也说明了我们党对文艺工作的重视。广大文艺工作者更是响应党的号召，坚持为人民服务、为社会主义服务的方向，坚持百花齐放、百家争鸣的方针，热情讴歌全国各族人民在站起来、富起来、强起来的道路上顽强奋斗的精神面貌，创作了一大批脍炙人口、深入人心的优秀作品，凝聚了中国力量。

2018年12月18日，庆祝改革开放四十周年大会在人民大会堂隆重举行，党中央、国务院授予一百人"改革先锋"称号，颁授"改革先锋"奖章。其中有两位作家，一位是"改革文学"的代表蒋子龙，另一位是鼓舞亿万农村青年投身改革开放的优秀作家路遥。

今天，我们要说说蒋子龙。说起蒋子龙，我们首先就会想到曾经引起巨大轰动效应的《乔厂长上任记》。1978年年底，党的十一届三中全会之后，全国自上而下开始了经济体制改革。1979年，蒋子龙创作了《乔厂长上任记》，讲述了某重型电机厂老干部乔光朴推行改革、扭转工厂局面的故事。

据说，这篇轰动中国文坛的小说，蒋子龙只用三天就写好了。"当时自己的感觉是酣畅淋漓，几年来积压的所感所悟一泻而出。"

为什么这篇一气呵成的小说奠定了他在当代文学史上的地位？那是因为蒋子龙写的就是，"如果让他来当厂长，他会怎么干"，而且，他一直"自以为更适合当个工匠或者是厂长"。

这些说明，如果我们想写好一部作品，只有感同身受，读者才会身临其境。要写好"志愿文学"，首先就得把自己当成志愿者，准确地说，作家要去做志愿服务，要去体验生活。当前，共青团中央和中国作协组织的作家基层行采风活动很好，但还远远不够。如果想创作出好的"志愿文学"作品，作家要身心完全认同并融入其中，坚持做上个一年、两年乃至一生。今天，再产生一个甚至多个"乔厂长"，"志愿文学"和志愿服务事业的明天，才会越来越光亮。

不必问来路，却须问归处

　　前三篇文章，分别谈了什么是文学，什么是"志愿文学"，以及如何创作出好的"志愿文学"，这篇文章主要谈一谈，我自己创作"志愿文学"的一些体会。

　　我从事志愿服务已经二十年[1]了。2006 年，我创作了中国首部志愿者题材的长篇报告文学《他们在行动——中国志愿者纪实》，开"志愿文学"先河。当然，2006 年还没有"志愿文学"这个词，所以对我这部作品的评述，是今天我们回头看历史的时候才意识到的。

---

　　[1]本书作者从1999年开始投身志愿服务事业，到2019年写作本书，正好是二十年。

那么，我为什么想到从事"志愿文学"的创作呢？或者说，我为什么想到写志愿者呢？

2004年，是"非典"的第二年，人们还在惶惶之中寻找心灵的安放之地。我也是。

那年，我在中国人民大学读研究生二年级，白天上班，晚上上课，学业繁重，工作辛苦。所以那段时间，从学习时报社到人民大学的公交车上，我站着都能睡着。

"我是谁？"

"我从哪里来？"

"我到哪里去？"

我时常发出"人生三问"。

直到有一天晚上，我在电脑上看到了一个帖子——《两所乡村小学和一个支教者》。这个帖子在十天之内，点击量突破百万，跟帖中出现最多的词是"感动"。

我没有跟帖，但是我的心里塞满了感动，满得溢出来，流淌成河。

发这个帖子的教师，是时任华中农业大学党委宣传部部长的彭光芒，他也是该校文法学院广告与传播系的教授。这个帖子之所以能够有效传播，是因为他使用了新闻报道的方式，并且发在了天涯网上。当新闻遇到互联网，便产生了巨大影响力。

其实，我以为，这个帖子能引起潮水般的回应，是因为那时候，我们太需要一种叫作"感动"的力量了，太需要给心灵一个可以安放的地方了。

"徐本禹""志愿者"，给了我们一个归处。

"人生三问"，就是——"我是谁""来路"与"归处"。

"我是谁"，我以为，这个答案需要用一生去寻找。

"来路"，可以不必问；"归处"，一定要知道。

"归处"，决定了我们的梦想、信仰。

2005 年 2 月 17 日，徐本禹入选中央电视台"感动中国·2004 年年度十大人物"。他的颁奖词是："如果眼泪是一种财富，徐本禹就是一个富有的人，在过去的一年里，他让我们泪流满面。从繁华的城市，他走进大山深处，用一个刚刚毕业大学生稚嫩的肩膀，扛住了倾颓的教室，扛住了贫穷和孤独，扛起了本来不属于他的责任。也许一个人力量还不能让孩子眼睛铺满阳光，爱，被期待着。徐本禹点亮了火把，刺痛了我们的眼睛。"

我的眼睛也被刺痛了，我的心里掀起了万丈波涛。

我忽然发现了人生的归处。我能做点什么呢？我应该做点什么！

那时，我一边读书，一边在学习时报社工作。我是记者，可以用手中的笔记录下志愿者的故事。我发现，关于志愿者的故事，见诸报端的太少了；即使有，很多也只停留在事迹层面的简单书写。于是，我决定写他们的故事。那么，除了徐本禹，还有别的志愿者吗？

那人世间最美的光亮

　　2003 年 6 月 8 日，共青团中央、教育部、财政部、人事部共同组织实施了"全国大学生志愿服务西部计划"：按照公开招募、自愿报名、组织选拔、集中派遣的方式，每年招募一定数量的普通高等院校应届毕业生，以志愿服务的方式到西部贫困县的乡镇从事为期 1 ~ 2 年的教育、卫生、农技、扶贫，以及青年中心建设和管理等方面的工作，推进农村共青团工作、全国农村党员干部现代远程教育试点工作、基层检察院、基层人民法院、基层司法援助、开发性金融西部农村平安建设等方面的志愿服务工作；志愿服务期满后，鼓励他们扎根基层，或者自主择业和流动就业，并在其升学、就业方面给予一定政策支持。

到基层去！到祖国和人民最需要的地方去！

十六年来，每年都有一万多名大学生浩浩荡荡地奔赴祖国西部的各个县城和乡村。至今，至少有 10% 的"西部计划"志愿者留在西部，在那里安家立业。2020 年我国全面建成小康社会，在这份军功章里就有数十万志愿者沉甸甸的付出。

所以，除了写徐本禹，还有很多志愿者可以写。

而且，这些志愿者不仅在西部，也在城市，也在校园。比如，城市志愿者、社区志愿者、赛事志愿者、应急工作志愿者、关爱弱势群体志愿者等。

但是，我决定先去西部。

怎么去呢？我并不知道，可我心里有一个信念："只要志愿者能到达的地方，我也一定能到达。"

信念的背后，是为一份精神所感动。当我把这个想法告诉著名作家王宏甲先生时，我在电话里边说边抽泣。他说："去吧，你能行，因为你还会哭。这是建设你自己的过程。"

然后，我把信念放进行李，准备出发。

我先拜访了时任共青团中央青年志愿者工作部部长的王雪峰同志。他很热情地接待了我，并鼓励我、支持我。时任共青团中央青年志愿者工作部基金处处长的侯宝森同志，具体负责此事。青年志愿者工作部为我确定了采访对象，联系县团委接应我，并为我解决了交通、住宿等问题。学习时报社的领导给了我假期，允许我请假一周去采访，回来再编辑稿件、设计版面，做好两至三期后，继续出发。同时，我的采访行动得到了中国作协重点扶持作品项目的支持。

2005年五一国际劳动节那天，我带着党团组织的阳光，带着各级组织的信任，带着家人的支持，与来京作事迹报告的周毅，一同坐火车前往他支农的四川省乐山市沐川县海云乡同心村采访。从此，开启了我大半年的西部采访之旅。

四川、贵州、宁夏、内蒙古、山东、湖北、河北……从南方到北方，从城市到乡村，我用脚更用心丈量着西部的每一寸土地。

飞机、火车、汽车、马车……车轮碾过的地方，就像绳索把太阳深深地勒进肌肉里——那是伤痕，更是勋章。

支教、支医、支农、防艾、戒毒，以及文化宣传、司法援助、扶贫开发、关爱留守儿童、基层青年工作、抗震救灾……志愿者在广袤的西部大地上如繁星点点，用光和热温暖着贫瘠的角落和孤独的心灵。

志愿者、乡村学生和教师、基层团组织工作者、村民、农民工、留守儿童和流动儿童……我把目光一次次聚焦在那些需要爱的人们身上，还有那些播撒爱的人们身上。

在一眼望不到头的山路上，在沉寂的乡村夜晚里，在校园星星点点的烛光里，在每一位志愿者坚守的初心里，在西部孩子稚嫩却坚毅的脸庞上，我寻觅到人世间最美的光亮，那光亮就是奉献，就是爱，就是顽强，就是不屈，就是"志愿文学"的火种。

我发现了一种力量

　　在西部采访志愿者的日子里，我与志愿者同吃同住，一起上课、劳动，还有家访。

　　乡村是寂静的。虽然我出生在乡村，但是童年时的感觉与成年后的感觉是不同的。

　　小时候，我以为世界就是我们村的样子：夜晚是漆黑的，犬吠是响亮的，繁星是浩瀚的；粮食都是靠自己双手耕种，从自家地里长出来的；晚上是经常停电的，煤油灯和蜡烛有时候也是能不点就不点的，除非为了写作业；日子是这样日复一日度过的，除了炕头就是田间地头；小孩子上学都是要走路的，不论是刮风还是下雨，或者蹚着过膝的大雪；校园是没有围墙的，教室是破旧的，冬天取暖时，小孩子要从自家抱柴火，炉子也要自己生，炉子生好了，匆匆抹一把脸上的烟灰，就直接上课了。

1989年，由于父亲工作调动，我们全家离开农村，搬到了县城。那时候我才知道，世界上除了乡村还有城市。夜晚有路灯亮着，但是听不到狗叫了；星星少了，也没有那么亮了；不用去田里干活儿了，粮食都是买回来的；家里的灯随时开，随时都会亮，我们姐妹六个再也不用围着一根蜡烛写作业了；校园有宽阔的操场，学生用不着自己生炉子，有一个叫暖气的东西可以直接取暖。

1999年，我到北京找工作，发现了更大、更不同的世界。那时候我经常到清华大学上自习，发现一所大学都比我们村子要大很多。夜是不眠且热闹的。也许是路太宽了，楼太高了，汽车太多了，把星星不知道挤到哪里去了。没有了炕头、村头和地头，北京是无垠的。无论是吃的还是用的，都应有尽有，只有想不到的，没有找不到的。

2005年，我因为采访志愿者再次回到乡村。这是自1989年离开乡村以后第一次回去，我忽然发现，在这个世界上乡村与乡村也是不同的，而且不同得很。

四川的乡村与黑龙江的乡村是不同的，宁夏的乡村与黑龙江的乡村是不同的，内蒙古的乡村与黑龙江的乡村是不同的，贵州的乡村与黑龙江的乡村是不同的，山东的乡村与黑龙江的乡村是不同的，广西的乡村与黑龙江的乡村是不同的……是的，有很多不同，而且是显而易见的不同。但是，我这里想说的不是不同，而是相同。

什么是相同的？那就是贫穷。

"贫穷"这个词，也是我离开家乡走进县城、省城，又来到北京以后才感受到的。

时隔十六年，我以为再次走进乡村时，应该会发现不同于小时候的乡村。然而，我却发现，西部的乡村比我小时候生活过的乡村还要贫穷。

为什么？难道时间在乡村是静止的吗？

有对比，才会有伤害。

贫穷和富有，是两相比较出来的。

更为糟糕的是，贫穷还会限制人的想象力。

客观地说，有很多乡村为外界所了解、所熟知，是因为志愿者。

比如，贵州省大方县大水乡大石村，是因为志愿者徐本禹而被外界了解的。即便是从乡村走出来的我，也是第一次看到世界上还有那样贫穷的学校。课桌是一块一块大石头搭上原木架起来的，没有椅子；上课时，学生要从课桌下钻过去，站着听课。教室是用村民拼凑出来的木头盖的，视线穿过二楼的楼板可以清晰地看见一楼。有的教室就是一间民房，玻璃坏了就用纸糊上；一、二、三年级一个教室，四、五、六年级一个教室。有的教学点，就两个人，丈夫是校长，妻子是教师。孩子们上课要走几个小时的山路，中午没有午饭。单亲家庭、留守儿童，多得是。

后来，我因为采访志愿者，走进更多的乡村。走路、爬山、乘船、滑索，孩子们在上学的路上，历经千难万险，却不屈不挠。

贫穷的背后，还有更强大的意志。再穷，也要供孩子上学；再苦，也要去读书。这是我在西部乡村采访志愿者时发现和感受到的。这种顽强不屈、坚韧不拔、昂扬向上的精神，正是中华民族生生不息、绵延不绝的内生力量。

当你发现了这种力量，哪会写不出来，写不好作品呢？

我们写的是中国

　　我在中国广大西部地区采访志愿者时，发现了一种从未感受到的真切的力量，那是一种精神、一种信念、一种价值。

　　"砸锅卖铁也要供你们读书"，这是我小时候常常从母亲那里听到的一句话。这句掷地有声的豪言壮语，在我踏上西部土地以后，才真正理解了它的深意。当我看到乡亲们用凑起来的木板搭起课桌，看到青年志愿者抛弃大城市的舒适生活来到边远乡村工作，看到孩子们破衣烂衫、饥肠辘辘，还坚持去上学，看到四五十个孩子挤在不到二十平方米的宿舍……我才理解了我的母亲——一个贫穷的母亲，要通过读书改变孩子们命运的雄心壮志。

我们不需要歌颂贫穷，但是要致敬贫穷。改变贫穷的强烈意愿，是一种让生命昂扬的内生动力，是汇集生命财富的源泉。贫穷本身不是财富，改变贫穷的意愿并为之努力的行动，以及把贫穷改变以后的获得，才是财富，也是最好的财富。

正因为 2005 年我踏上采访西部志愿者的道路，以及以后十几年我都把目光和心投向西部，我才开始重新认识我的童年、我的少年，我的父母、我的家人，我的故乡、我的生命。

我一遍遍回望，又一遍遍仰望。

我望向故乡，也是望向他乡。

我望向他人，也是望向自己。

我望向远方，也是望向内心。

曾经，我以为我的母亲是最贫穷的母亲，直到我到了西部。曾经，我以为我的童年是最贫瘠的童年，直到我到了西部。曾经，我以为我们的学校是最破旧的学校，直到我到了西部。曾经，我以为我们的村子是最落后的村子，直到我到了西部。曾经，我以为我是世界上最可怜的孩子，直到我到了西部。

冰心先生说："真正的文学，是心里有什么，笔下写什么，此时此地只有'我'……"

当我站在贫瘠荒凉的黄土高原上，当我躺在嘎吱作响的单人床上，当我站在寒风呼啸的大草原上，当我坐在风雨飘摇的教室里……我的文字和泪水，一齐汩汩而出，汹涌滂沱。

我写志愿者，我写被志愿者帮助的乡亲和孩子，我写志愿者工作和生活的地方；我写志愿者的故事，我写被志愿者帮助的乡亲和孩子的愿望，我写志愿者工作和生活的地方的昨天、今天和明天；我写志愿者，我写中国西部，我写中国西部的贫穷和抗争，我写中国人的中国梦。

我在无数次的报告和演讲中都提到：如果把社会比作一团线，志愿者就像这团线的一个线头，只要扯开这个线头，很多问题都会涌现出来。

因此，我一直说，我哪里只是写志愿者，我写的是当下的社会、当下的中国。

2006年，在共青团中央青年志愿者工作部、中国作协重点作品扶持项目的支持下，我出版了中国首部志愿者题材的长篇报告文学《他们在行动——中国志愿者纪实》。2012年，我又出版了半自传体报告文学《当我从天安门前走过》，该书作为共青团中央青年志愿者工作部的首部推荐阅读作品，向全国青年志愿者推荐。正是因为写志愿者，我才发现了新的自己。我写志愿者，也在写我自己，写我与祖国共成长、共奋进的故事。

习近平总书记勉励广大青年志愿者，要"弘扬奉献、友爱、互助、进步的志愿精神，坚持与祖国同行、为人民奉献，以青春梦想、用实际行动为实现中国梦做出新的更大贡献"。

是的，新时代蓬勃发展的中国志愿服务事业，已经成为中国多层次社会保障体系的重要补充，成为推进城市社区建设的重要手段，成为沟通城乡、促进东中西部地区之间交流的重要渠道，成为加强精神文明建设和公民道德建设的重要载体，成为中国对外援助、民间交往、国际合作的方式之一。

因此，"志愿文学"的使命，不仅是写志愿者（包括写自己），更是写中国人，写中国。

我只是为了我自己

　　谈到志愿服务，我们经常会说："赠人玫瑰，手留余香。"

　　我也曾经以为，这是对志愿服务的本质最精准、最了不起的概括。直到做了志愿者——不，更准确地说，是我采访了志愿者，创作了"志愿文学"作品以后——才发现，这种概括是片面的。

　　为什么这么说呢?

　　因为，我们长久以来对志愿者、志愿服务、志愿精神的理解是片面的，亟须调整。

　　确实，在我做了二十年志愿者，采访了百余名志愿者，在全国做了近百场报告，撰写了一百余万字"志愿文学"作品及相关理论文章以后，我才可以胸有成竹、底气十足地说：

"志愿服务的核心是分享，而不是付出。"

志愿服务不是"赠人玫瑰"，而是志愿者与他人共同分享一枝或者一束玫瑰，这枝或者这束玫瑰可能是志愿者的，也可能是被志愿者帮助过的人的。

人生，就是分享的过程。这种分享分为被动分享和主动分享。被动分享，不以我们的意志为转移，不是我们能够选择的。生命就像一粒种子，可能被一阵风吹到肥沃田野，也可能吹到悬崖峭壁，可能吹到青藏高原，也可能吹到东海之滨……生命的种子，不论飘到哪里，首先要做的是与其他生命共享一片土地、一米阳光、一捧清泉，无论是富裕还是贫穷，这些都是被动分享，也就是所谓的"听天命"。然而，除了"听天命"以外，还要"尽人事"，主动作为，追求梦想和信仰，而这些都是主动分享。

凡是主动做的事情，一定是心甘情愿的，也一定是满腔热爱的。这其中，最关键的是自愿，是主动，是生命的主动分享。因此，志愿服务是快乐的。只有快乐，才能持续和长久。

一个在监狱陪伴死囚的志愿者说："你走进去，以为帮助了什么人，最后得到帮助的是你自己。"

所以，志愿服务不是付出，而是分享。只有正确并充分地认识到这一点，志愿服务才是真正的志愿服务：不计报酬，不求回报；不急功近利，不立竿见影；不居高临下，不咄咄逼人。进而，也才能真正理解奉献、友爱、互助、进步的志愿精神和行善立德的志愿服务理念，积极培育和践行社会主义核心价值观。

我认为，志愿精神体现了社会主义核心价值观的基本内容——富强、民主、文明、和谐，自由、平等、公正、法治，爱国、敬业、诚信、友善。2000 年，时任联合国秘书长的安南这样概括志愿精神："服务、团结的理想和共同使这个世界变得更加美好的信念。"志愿精神的核心是理想和信念。志愿服务的核心是分享。带着这样的理想和信念，主动与他人分享人生，必定是快乐和幸福的。

经常会有人问我：为什么要做志愿者？

我说，是为了我自己。

那么，为什么要写志愿者？我还是为了我自己。

爱出爱返，福往福来。即便当初你不是为了你自己，最终一定还是为了你自己。这就是志愿服务神奇和迷人的地方。

不是一个人就可以完成的故事

从 2005 年五一国际劳动节这天开始，我踏上了采访志愿者的行程。许多年过去了，脚步从没有停止过，只不过有时候走，有时候跑，有时候慢，有时候快，有时候行动之，有时候心往之。

每到一个地方采访，我一般是和志愿者同吃、同住、同劳动一周的时间。这一周里，我除了跟着志愿者，还会跟着那里的乡亲和孩子，到他们家里走一走，和他们聊聊天，了解他们的生活、他们的梦想以及他们眼中的志愿者。那些片断，永远闪耀在我的记忆中。

在四川省乐山市沐川县采访志愿者周毅的时候，我住在老乡家里。周毅是"西部计划"支农志愿者，时任海云乡同心村党支部书记。他是村历史上第一个当选村党支部书记的外乡人，还是个大学生。我和周毅是 2005 年五一国际劳动节当天坐火车从北京到成都，然后再从成都到乐山，从乐山又坐老乡的车赶到村里的。

四川多山、潮湿，一进山里，雾气蒙蒙。坐在颠簸的小货车上，我有一种后路已消失而前路却迷茫的恐慌。开车的小伙子是同心村人。他邀请周毅过几天去吃他的喜酒。他说，他和爱人是在北京打工时认识的。我未加思索，就问："你不是把新娘子骗来的吧？"小伙子无语。又是一阵猛烈的颠簸，似乎在缓解尴尬的气氛。

走进村里，已是黄昏，零零散散的灯光，稀稀落落的身影，倒映在绿油油的稻秧上，稻田里一片波光粼粼。"回来了？周乡！"老乡的问候，亲切熟稔。同样是四川人的周毅，也用乡音热切地回应着。那时，我已经十六年没回过乡村了，周毅也刚从人民大会堂的鲜花和掌声中走下来。在这里，田野伴泥土、牲畜及粪便，安宁并孤寂、大山和远方。"你适应吗？"我悄悄地问周毅。他说："这就是生活啊。"

晚上，我们在老乡家里吃着从田里钓上来就马上下锅，再新鲜不过的鳝鱼。我和周毅，老乡家的儿子还有他的女朋友小琴，一起在一个大大的水盆里泡脚。之后，小琴弹了一曲琵琶。那一刻，我理解了周毅。

后来，周毅到乡里、县里工作，始终做着志愿者。给单位做保洁的，在单位门口擦鞋的，都得到过他的帮助。再后来，我和清泉成才公益基金的发起人陈俊豪一起到四川和周毅见面，也见到了因为周毅而得到清泉成才公益基金资助的学生及家长。

我到宁夏西海固采访时，已近暑假。高考刚结束，我们打算到一个高三年级的男生军军家里家访。到了以后，我们发现军军并不在家。家里有三个孩子，军军是老大。军军母亲说，军军感觉自己没考好，心情郁闷，不知道跑到哪儿去了。我们坐在窑洞的炕上，军军母亲热情地招呼我们，又从外屋端上来一盘黄馍馍让我们吃。我看着那盘黄澄澄的馍馍，望了一眼窗外冷峻的黄土高原，心里涌出一股难言的感动。

后来我得知，军军是班里唯一过了本科线的学生，考到了宁夏大学。军军在申请助学金的时候，我给他的辅导员老师打了一个电话，希望可以关照他。那位辅导员老师说，谢谢我对西部孩子的关心，但是像军军这样的学生有很多。是啊，像军军这样的孩子有很多，只不过我遇到了军军。

军军大学毕业后，回到西吉县当了中学老师。再后来，他又考上了公务员。现在，他已经有了两个孩子。

前几天，一个朋友在看到《那人世间最美的光亮》这篇文章时问我：为什么叫"志愿文学"，而不是"志愿者文学"？

写到这里，我想说，以上的内容算是一个答案吗？

因为，"志愿文学"不是一个人就可以完成的故事。我们的故事，都是靠我们和他们一起完成的。因此，我觉得我写过的所有志愿者的故事，我创作的所有"志愿文学"作品，其中最生动的地方，可能就是志愿者以外的他们——小琴、军军……

灵感来自真实的故事

　　"灵感来自真实的故事"，这是电影《绿皮书》开场的一句话。

　　我所有关于"志愿文学"的灵感，也同样来自真实的故事。那么，我就接着讲，"志愿文学"中那些真实的故事。

　　2005年夏天，我从贵阳飞往武汉，赶着去采访，乘坐的是半夜的航班。那天夜里，我一个人拉着箱子，背着双肩包，拖着风尘仆仆的身躯，在贵阳机场候机厅里来来回回地游荡。突然，我发现很多人都盯着候机厅墙上挂着的电视机，目不转睛地傻笑着。电视里正播放着一个选秀节目，这个节目的内容、规则及彰显的理念，对当时人们的价值观造成了极大的冲击，受到大众潮水般的热议和追捧。

它对我的冲击，除了那不走寻常路的招数，打着擦边球的审美，更有电视内外汹涌的近乎癫狂的娱乐。后来，听到一首歌，叫《要死就一定要死在你手里》。那时候，大众对于娱乐，有一种"要死就一定要死在你手里"的疯狂。

越是热闹，越是孤独；越需要娱乐，越说明贫瘠。

拉着箱子，背着双肩包，拖着风尘仆仆的身躯，在贵阳的夜色里，站在喧嚣的候机厅里，我感到世界是那么空旷和寂寥。风吹过坚硬的黄土高原，雨打过深山里的百里杜鹃；凌晨四点跋涉在山路上的"红领巾"，月光下琅琅读书的西部少年。我的身体被撑得满满的，像一个待产的孕妇，要生了。是的，要生了。

每次从西部采访志愿者回来，我都觉得自己要生产一次，因为我的肚子里装着孩子，装着志愿者的一个又一个愿望。

当时，我也盯着电视画面，但是眼泪夺眶而出。我哭，不仅在西部，也在途中。每次采访完回到北京，我都会坐在西三环辅路的马路牙子上，望着车水马龙，大哭一场。

为什么？因为我的无力，我没有能力改变西部乡亲和孩子们的命运。那我该怎么办？做一个愤怒的青年、一个批判现实的作家，用笔狠狠地抨击这个社会吗？慷慨激昂地谴责那些只知道用至死的娱乐麻痹自己的人们吗？大声嘲笑那些被认为不够聪明、不够勤劳才因此贫穷的人们吗？

如果是这样，我和别人还有什么区别？

我和别人当然有区别，我是一名青年志愿者。我认为，每一个从事"志愿文学"创作的人，都应该是一名志愿者。我是带着志愿精神，本着志愿服务的理念，去采访志愿者的。我的笔应该流淌着奉献、友爱、互助、进步的志愿精神，我的文字应该彰显阳光和大爱。做好自己，做好自己的事，首先为自己做一些正直而真诚的事。如果每个人都这样，世界会是什么样呢？

最近上映的电影《绿皮书》，讲的是20世纪60年代一个意大利裔白人为一个非洲裔钢琴家当司机，在美国南方巡演的故事。白人与黑人，富人与穷人，在不断地碰撞中消除隔阂。"不要问你的国家能为你做些什么，而要问你能为国家做些什么。"这是美国前总统肯尼迪先生的话。在《绿皮书》中，意大利裔的美国人托尼说："不要问国家能为你做些什么，问问自己能为自己做些什么。"我以为，托尼的话比肯尼迪的话更有深意。

从创作"志愿文学"的角度来说，我管好自己的笔，写出美好和壮丽的文学，就是我应该为自己、为国家而做的事情。

好的文字一定不是因为技巧，
而是因为诚意

　　2005 年，我用了大半年时间采访了近百位志愿者，对十余位典型志愿者的事迹进行了深度挖掘和深入创作。这大半年的采访，不是连续的，而是分成若干时间段的。所以，我基本上是边采访边创作的，一般会用一个星期的时间集中采访，然后再用一个月左右的时间断断续续地写作。那时，我没有录音笔，只能用笔和纸。现在翻开一本本厚厚的采访笔记，当时的一幕幕情景仿佛电影镜头般在脑海中闪现。田野的广袤，小路的蜿蜒，炊烟的袅娜，老人的皱纹，孩童的眼神，志愿者的笑脸，一切的一切，都永远驻留在字里行间，历久弥新。

现在有智能手机，有便捷的录音转文字的 APP，节省了记者的很多体力劳动。但是，采访和写作还是一个体力活儿。小时候，我经常看见父亲佝偻着背，在微弱的烛光下写作。那时，我便下定决心，以后说什么也不当作家。可我最终还是成了一名作家，而且常常奔赴志愿者生活的地方。命运真是神奇。我庆幸我的选择。虽然每一次的采访、每一次的创作，都需要付出巨大的心力，然而这一切都是值得的。是啊，无论技术多么先进，都不能取代采访者、创作者思想和情感的投入；而没有思想和情感的全力投入，是创作不出好作品的。

我总是跟年轻的同事讲，我采访时不习惯录音，或者说不依靠录音，主要靠烂笔头儿。这有什么好处呢？你听被采访者讲的时候，一边记录被采访者的话，一边记下你听到某句话后因共鸣而产生的所思所想。那时，其实你已经开始创作了。

一些年轻的编辑、记者，采访时完全依靠录音；采访结束以后，录音都懒得整理，找专业公司或者他人（比如实习生）代劳；录音整理出来以后，简单编辑一下，便署上大名，顶多文末加一个括号，写上某某实习生参与或者进行录音整理工作。每当看到这些，我的心里就会蹿起一股小火苗儿。我想：这样整理出的文章，应该署上自己的名字吗？是自己的原创吗？创作，自己不仅要去"创"，还要"作"。每采访一个人，都是与被采访者进行一种思想和心灵的对话。人家那么信任你，把自己的思想、故事毫无保留地分享给你，你怎么可以只是简单记录呢？

的确，科技的发展让一切变得更便捷，当然也更随意，一个突出的表现就是对知识产权的侵犯。特别是在微信里，很多人没有知识产权的概念，随意转发别人的作品，还不署名。这种习以为常的做法，使创作这件事情不再那么神圣和严肃。

但是，作为创作者，不能随波逐流，依然要对创作这件事情怀有认真、谦卑的态度。古人读书时，况且要寻一宁静处，沐浴更衣，焚香沏茶，净手净心；何况，写书这样严肃的事情呢？我觉得，不仅需要一个形式上的仪式，也需要一个心理上的仪式。这是对自己劳动和对他人付出的基本尊重。

每次采访完志愿者、写完文章后，我都会请志愿者本人过目，多年来已经养成了这样的习惯，不会随随便便就把文章报道出来。记得几年前，某杂志的一位年轻记者采访我，我忘了叮嘱写好文章后给我看一下，结果文章刊登出来后，我笑了。那位记者单凭自己的感觉，直接把我写小了十岁。虽然，这比把我写大十岁要好一点，但总觉得这篇文章写得不够严谨，之后也懒得去看了。如果有朋友看到这篇文章，可能就会产生误解。所谓"以讹传讹"，不就是这么来的吗？

无论是记者还是作者，都可以称为写字的人，而所有的消息都来自写字的人。因此，每一个写字的人，无论是写报告文学、小说、诗歌、散文还是剧本，都应该保持严肃认真的态度，像珍爱自己的眼睛一样珍爱自己的作品。

倾注真情感，弘扬真善美。这是每一个写字的人应该做的。因为好的文字一定不是因为技巧，而是因为诚意。

从此，我诞生了一个不自卑的灵魂

　　我曾经是一个不太有勇气的人，甚至是一个很自卑的人。这份自卑从小就有，只不过从农村搬到城市以后，开始变得越发严重。

　　我说过，小时候我以为我们村子就是整个世界。天空是一个很聪明很聪明的人设计出来的，它是一个巨大的罩子，罩在我的头上。这个很聪明很聪明的人还会魔法，所以有白天也有黑夜。

　　小学四年级的时候，去县城参加数学竞赛，我穿上了妈妈新做的红上衣、绿裤子，还戴了一条红色镶金丝的纱巾，为了防风，也为了漂亮。因为那是第一次去县城，要很隆重的。自此，我才知道，这个世界上还有城市和城里人。

后来，我看到城里人穿着雪白的衬衣，用那双柔软的手对我们家的粮食挑挑拣拣。那一刻，我想到庄稼地里的母亲，她顶着太阳流着汗，一铁锹一铁锹地锨土。一瞬间，我恨那雪白的衬衣和那双柔软的手。我想：一个壮年，难道不应该到田里劳动吗？

然而，我真正的自卑，是从看到父亲在深秋的冷风里打庄稼，听他骂"庄稼活儿不是人干的"那个时候开始的。作为知识分子的父亲，面对繁重的农活儿、农民的艰难，发出愤怒的咆哮，这让我心慌害怕。由此，我也认识到了自己的身份：哦，我是农民，我是农民的女儿。

中国社会的显著特征之一是农耕文化。早在河姆渡时期出土的谷物化石就说明，农耕由此或更早便产生了。先秦时期，民间流传的《击壤歌》有云："日出而作，日入而息。凿井而饮，耕田而食。"中国传统文化中，理想的家庭模式就是"耕读传家"，也就是有"耕"维持家庭生活，有"读"提高文化水平。然而，这在今天依然是一种理想。阻碍它实现的一个重要原因，是农民主体意识尚需觉醒、进步和提高。

父亲的愤怒，激发了我的觉醒。

这份觉醒就是要好好读书。

之后，我开始有了人生的目标，但我是带着愤怒和怨恨的，是带着自卑和狭隘的；尽管，这是一份强大的驱动力。

　　小学六年级的时候，我们全家搬到县城，我的自卑感更加强烈了。我的普通话不好，平舌音、卷舌音分不清；我没有新衣服，一年四季都是中山装；我梳着"五号头"，不淑女；我交不起学杂费，只能等着"特困生证明"；我不敢带同学到家里，我的家是草房。上了大学以后，我更加自卑：我没有裙子，没有化妆品，没有男朋友；除了理想，我什么都没有。参加工作以后，我还是很自卑：没有高学历，没有好背景，除了努力，我什么都没有。不用说宇宙，就说中关村大街，我都是一粒随风而起的尘埃。

　　可是有一天，我知道了一个名字叫"志愿者"，我和万余名志愿者一样，奔赴祖国西部。我再次走进了村子，但是村里人都叫我"天使"。"志愿者让我闻到了太阳的味道！"一个西部女孩的话，让我的心忽然像初恋时那样怦然跳动。

　　我采访着，我书写着。我感到，我的生命在重新生长。我从一个二十多岁的女孩，变成了一个胚胎，在祖国广袤西部的母体里，一点一点地生长着。我的眼睛、我的耳朵、我的心脏、我的骨骼、我的胳膊、我的腿脚，还有我的灵魂，所有的一切，都在生长着。

　　1999 年我开始从事志愿服务到现在，已经二十年。

2005 年我开始去西部采访志愿者到现在，已经十四年。

如果这样计算的话，我今年只有二十岁或者十四岁。

父母给了我生命，而志愿服务给了我灵魂——一个不再自卑的灵魂。不，我敢说，除了不自卑，还有别的呢！

除了不自卑，还有什么？

　　创作是比采访更艰难的一件事情。

　　在采访的时候，我们要尽可能多地提出问题，俯下身子聆听，详细地做好笔记，真诚地与被采访者互动。这个过程，当然比一般的聊天要辛苦一些，但也可能做得很轻松，考验的是记者对采访的驾驭能力。

　　采访以后，最重要也最艰难的事情便是创作。之所以说最艰难，是因为我们并不是对所采访的内容进行素材整理，就像厨师把采购来的食材做成一桌色香味俱佳的美食那样，而是要把所采访的内容进行沉淀、发酵，让它们产生化学变化，而不是物理变化。

　　在我二十年的采访、写作经历中，创作"志愿文学"是最艰难的事情。因为我的创作带着我对世界和人生的看法，受人生观、价值观和世界观的影响。

明代著名的思想家王阳明这样说："心即理，致良知，知行合一。"他说，你未看此花时，此花与汝同归于寂；你既来看此花，则此花颜色一时明白起来，便知此花不在你心外。此乃心外无物。同时，人做任何事情的时候，都要跟随自己的良知，特别是认识到自己可能被遮蔽的良知，才能"为天地立心，为生民立命，为往圣继绝学，为万世开太平"，从而做到知行合一。

在说到志愿服务的时候，我们经常会探讨怎样"去功利化和工具化"的问题，在创作"志愿文学"的时候，也应该"去功利化和工具化"，做到知行合一。这是对创作者的一种考验和要求。如何呈现我们的所见所闻和所思所想？所见所闻客观反映就可以了，而所思所想难免会带有个人意志和情感。这个过程，就是在进行化学变化，是最艰难的过程。

在创作《他们在行动——中国志愿者纪实》的过程中，说不出什么原因，很多次，我都写不下去了。

一次，我与著名作家王宏甲先生聊天时，说出了自己的困惑。我讲自己在采访过程中遇到的人和事，受到的感动和震撼，还有不平和无奈。随后，我讲了一件童年往事。

上小学四年级时，我到县城参加数学竞赛。那是记事以后我第一次到县城，心情非常紧张。考试结束后，我在厕所里碰到了两个城里的女生。她们主动和我搭话。

"喂，你是哪个学校的？"她们显然比农村孩子开朗。

"四小的。"四小是城里的一所小学，我听说过，便蒙着说。

"我也是四小的，怎么没有见过你？你是城里的还是农村的？"她们质疑了。

瞬间，我因为刚才的谎话后悔了。

"我是城里的。"我低低地说。谎言只能用谎言掩盖。

"撒谎，你是农村的！"

"对，一看就是个土包子。"

她俩你一言我一语地说起来。

等我站起身来，其中一个女孩突然走上前，朝我的屁股踢了一脚。她一边骂着"土包子"，一边跑了。我站在那里，半晌没有动。

虽然，我没有用哭来祭奠我的屈辱，但是从那以后，我一直想复仇，我的心里埋下了一颗仇恨的种子。

我讲到这里的时候，王宏甲先生说："庆群，你的屈辱不是来自那一脚，而是来自你的内心。"

我恍然大悟。从此，我屁股上的那一脚就放下了。我不再想复仇，也不再感到屈辱，更不再自卑。

一个人带着屈辱和仇恨走路，可以解决开始时的动力问题，却一定走不稳、走不远，说不定还会走偏。

一旦放下了仇恨、屈辱和自卑，在良知的指引下，我的"志愿文学"创作就如同滔滔江水，连绵不绝，蓬勃清澈。

我的文学底气从哪里来？

二十年前，我做志愿者的时候，还不叫志愿者。我从事的第一份志愿服务岗位，叫心理热线咨询员，是通过电话为全国少年儿童答疑解惑。那时，我第一次体会到了什么叫作"被需要"——是的，"被需要"——孩子们需要志愿者。

十四年前，我创作"志愿文学"的时候，还不叫"志愿文学"。我发表的第一篇"志愿文学"作品，刊登在《学习时报》上，标题叫《向崇高靠近》；紧接着，《人民日报》用了大半个版面刊登了我采访志愿者的文章《"阳光使者"张大诺》。那时，我再次体会到了"被需要"——媒体需要"志愿文学"。

在《人民日报》发表的这篇文章不是我的投稿，而是约稿，是时任人民日报社副总编辑的梁衡先生向我约的稿。哪怕到了现在，我接到这样的约稿都十分惶恐，何况当年？梁衡先生为什么向我约稿，而且指定要写志愿者题材呢？

梁衡先生担任国家新闻出版署副署长的时候，我在学习时报社当编辑、记者。我所学的专业是会计和思想政治教育，历史、文学、哲学的知识十分匮乏，对稿子的把握能力比较弱。那怎么办呢？唯一的办法就是向名家、大家约稿，这样才能保证稿子质量。虽然我的专业知识和水平欠缺，但是我的敬业精神和责任感非常强。我曾经采访和约稿的大家，包括季羡林、张岱年、任继愈、侯仁之、戴逸、瞿林东、雷颐、高翔、何建明、高洪波……这其中，当然也包括梁衡先生。遗憾的是，他当副署长的时候，我并没有成功约到稿子，总是被人"挡驾"。还有一次，我去北京大学采访一位德高望重的历史学家，我和同事在门外等了两个小时，都没能采访到。那是冬天，天空飘着零星的小雪，我们来来回回地踱步，堪称当代版的"程门立雪"。虽然后来我们不得不放弃了采访，但是那个经历实实在在地锤炼了自己，让我始终不忘初心——做一个好记者、好编辑的初心。

后来，梁衡先生调到人民日报社工作，担任副总编辑。他的秘书刘波先生，很热情地帮助了我。于是，我和梁衡先生联系上了，并到他办公室拜访了他。我依然还记得，我第一次坐在他的对面，梁衡先生对我说的一番话。他说："小徐，我比你大三十岁。如果你从现在开始专心做一件事，做上三十年，你想，你会成为什么样子呢？"我听了，很受触动。但是，当时还不知道自己做什么能坚持不懈地做上三十年。后来，梁衡先生的《乱世中的美神》《把栏杆拍遍》《大无大有周恩来》等传世佳作，经我之手刊发于《学习时报》。

调离学习时报社后，我依然与梁衡先生保持着联系。在人民出版社时，我编辑出版了他的《一个大党和一只小船》。2018年8月，《国际人才交流》杂志刊登了他的《影响中国历史的十篇政治美文》。

2017年2月，梁衡先生给我发微信，转来我之前给他写过的一封信。内容是这样的：

梁先生：

您好。

现转去一封读者来信。《乱世中的美神》一稿发表后，正如我们所料，引起很大的社会反响。编此稿时正是可怕的"非典"瘟疫肆虐之日，我怕不幸染上"非典"，就早早做好版，请领导签了字；心里想：万一染上病而没有编好这篇稿，我会死不瞑目的。当时想着，眼泪都出来了……现在却说不出的高兴。

　　敬礼

学习时报社编辑小徐

2003 年 6 月 3 日

　　显然，我已经记不得这封信了。梁衡先生突然发来，我非常感动。他这样说："尽职尽责，能生死相托的有几人？这不是有意存之，偶然在来信的故纸堆里发现的。"

　　后来，他更多地了解了我以后，逢人便说，小徐是志愿者。

　　其实，在撰写《"阳光使者"张大诺》之前，梁衡先生就向我约稿，但我始终拿不出勇气。直到他向我约"志愿文学"作品的时候，我才有底气撰稿，这是志愿者和志愿服务给我的勇气。

　　从《学习时报》《人民日报》开始，我已经在很多报刊上发表了数百篇文章；从"志愿文学"开始，我已经创作了许多题材的纪实文学作品，还有一部分诗歌。

　　说到底，我文学创作的底色和底气，全部来自"志愿文学"，而这是我文学创作最坚实的土壤和基石，就像日月和星辰。

如果真如梁衡先生当年所说，用三十年甚至更久来做一件事情的话，现在我敢十分坚定地说，我会心无旁骛地就做志愿者，就创作"志愿文学"！

用"志愿文学"讲好中国故事

从 2019 年 1 月 15 日起至今，我已经写了十四篇"庆群谈'志愿文学'"，现在就要写第十五篇了。昨天，我和中央党校[1] 报刊社社长许宝健先生聊天时说到我的创作，他说看到我写了很多文章，我说主要是在写"庆群谈'志愿文学'"这个专栏。他很惊讶：谈"志愿文学"都能写那么多？

其实，写到现在，我也很惊讶：我不是写"志愿文学"，而是谈"志愿文学"，怎么就谈了这么多呢？

我对"志愿文学"之所以常有喷薄的源头活水，除了1999 年以来见证中国青年志愿服务事业发展油然而生的感

---

[1]中央党校：全称为中共中央党校。

受，2005 年用大半年时间走遍西部乡村采访志愿者的经历，以及二十年来累积在胸中的许许多多倾诉，还有 2018 年深冬《中国青年作家报》的横空出世……

接到共青团中央青年志愿服务指导中心和《中国青年作家报》开"志愿文学"专栏的邀约时，我是犹豫的，因为我不知道要写什么。我心中是一片无垠的大海，一定要采撷几朵，说一说这几朵为什么明亮，为什么独特，为什么美丽，这实在很为难。但是，我的内心指引着我，应该允诺下来。我应该以这种方式为中国青年志愿服务事业做点事情，我应该为"志愿文学"这株刚刚破土的小苗洒点水、施点肥，我应该为中国青年作家自己的报纸给予一份支持和鼓励。所以，我答应了。

2018 年 12 月 25 日，《中国青年作家报》创刊了。许宝健先生在他的微信朋友圈里写道："报纸不光是停刊，还有创刊。"短短的一句话，道出了一个报人怎样的信心、希望和期待！《中国青年作家报》负责人周伟先生在创刊前一天的微信朋友圈里写道："在这样一个冬天，平面媒体连自己都觉得过不去的冬天，《中国青年作家报》却将在明天创刊。是找死，还是涅槃重生？或许都有可能。但，我更愿意相信英国作家雪莱那句名言—— 'If Winter comes，can Spring be far behind？'"作为曾经也是报人的我，我想，一定是因为这样的召唤，才赴的约。

仿佛呼吸之间，我已经写了十四篇"庆群谈'志愿文学'"。在这十四篇里，我写了什么呢？我主要写了我的"志愿文学"作品都是怎么生出来的，就像平日里我总是喜欢向别人讲述我的女儿，讲述我生养女儿的种种往事。那种种往事，听上去杂七杂八，但是你细细哂摸，就可以触摸到一个有趣的灵魂，一米快乐的时光，一念无穷的思考，一片清晰的希望。但是，你一定要细细地听我说，眼睛连眨都不要眨，而且最好你已经为人父或为人母，你才能听懂我的故事。

从报纸到杂志到图书再到互联网平台，我一直从事新闻媒体工作，也就是宣传思想工作。长期以来，宣传思想工作给大家的印象更多的是灌输，因此才出现了"你讲你的，我想我的"的现象。如何让思想深入人心？有个方法很好用，那就是讲故事。

2017年《习近平讲故事》出版，书中收入的109则故事，让老百姓更好地体悟改革发展之道、大国外交之道、修身为人之道。习总书记的讲话、文章中，常常用讲故事的方式传达深意、感染他人，把深刻的思想、抽象的理论转化为鲜活的故事、生动的例子，具有直抵人心的力量。坚持讲好中国故事，传播好中国声音，是党的十八大以来宣传思想工作的重要理论创新，是做好新形势下对外宣传工作的根本遵循，也是对内宣传工作的重要指针。习近平总书记多次强调，"宣传思想工作创新，重点要抓好理念创新、手段创新、基层工作创新"，"宣传思想干部要不断掌握新知识、熟悉新领域、开拓新视野，增强本领能力"，"努力以思想认识新飞跃打开工作新局面"。

新时代，做好宣传思想工作，我以为最重要的就是讲好故事。

"文运同国运相牵，文脉同国脉相连。"我愿意继续用"志愿文学"讲好中国青年志愿者、中国青年志愿服务事业和中国青年、中国人的故事。

有话好好说

　　我的妹妹徐庆颖，是一位大学老师，曾做过北京奥运会志愿者。她对我这组文章的评价，我觉得是较为精准的。她这样说："你的系列文章，深刻了志愿服务的内涵。"

　　我不敢说"深刻了"，只能说，确实在"努力深刻"。

　　史铁生先生有一本书叫《灵魂的事》。我一直觉得，志愿服务就是灵魂的事，志愿者和创作"志愿文学"的人都在做着灵魂的事。关乎灵魂，自不敢懈怠。

　　因此，我一边谈"志愿文学"，一边阅读董学仁老师给我发来的若干篇"志愿文学"作品。

　　如果说，前十五篇文章都是一方面努力通过谈"志愿文学"来深刻志愿服务内涵，另一方面通过志愿服务的个人经历来阐述"志愿文学"的立场、原则，那么，接下来的文章，我想谈谈在一个高尚的灵魂的支撑下，如何用文字去表达、去呈现，并做到知行合一。

在阅读"志愿文学"作品的过程中，我时常感到有一种被感动、被震撼的力量，像温泉水一样在我心底汩汩地冒着热气。这些作品的作者，大多是志愿者或者短暂地做过志愿者。读罢，我感到：作品情感的力度，像江南小巷的绵绵细雨，直入心底却也有些许潮湿；作品文采的华丽，如四月北京的柳絮，漫天飞扬却也稍令人窒息。

关于文学创作，我们总会觉得首先要有文采。是啊，如果一部作品没有文采，算得上什么文学作品呢？

"昨夜下过一场雨，松了硬硬凉凉的黄泥地，就如搅碎了的承载历史的书卷散在了风里；滑溜溜的路，一个趔趄就会拥入黄泥的肚皮；雨靴上沾满了稀泥，星星点点地落在走廊里，谱写出一篇缺了词的曲，向春日桃李讲述了一个秘密：教室里的孩子其实是银河里的星星，他们的眼里长着我们看不见的风景，他们的手最会温暖人心，那是键盘前的人听不懂的曲。"（选自《浣心》，作者邹世凤）

上面这段文字是极美的，也是极羞涩的。我读上几遍，才能读得顺溜。其实，这段文字完全可以换个写法，换个更直接的写法，让人一眼看下去，就拔不出来，只享受文字和思想的魅力，而不用翻来覆去反复琢磨这些话的意思。就像我们吃一顿美味的大餐，只说"好吃，味道好极了"就可以了，而不必夹起一块肉，要反复地看，慢慢地咀嚼，然后挖空心思琢磨：这肉是在哪儿买的？动物吃的什么饲料，是怎么喂养的？厨师是怎么切的，怎么烧的，放了什么佐料？我是一口吞掉，还是先尝一小块呢？该从这块肉的什么部位下嘴呢？……试想：我们如果看到一块肉，要去思考这些问题，还有心思去享受这块肉吗？恐怕，这块肉的美味还未入口，早已消失殆尽。

"那是一个初冬的早晨，大地被一层厚重且潮湿的雾气严严实实地蒙住，透不出一丝气来。我在一片白茫茫中，焦躁地在指定的集合点等待着。滨博高速的高架桥影影绰绰地横架在220国道上，桥洞像巨兽张开的大口，偶尔，有车辆开着双闪灯，仿似行走在咯咯作响的冰面上，小心翼翼地从那口中逃身出来，或是投身进去。风拖拽着一大团一大团的雾气在我周围缓缓地游走，湿漉漉的雾气拂过我的脸，冷飕飕的。临近那黑黢黢的高楼，在雾中时隐时现。渐渐地，一种极为深层的惊惧在我心里清晰起来。我想：若高高的虚空中有一双眼睛的话，那浓雾中的我，应是一只渺小的蝼蚁吧，抑或是一片离开枝头却还没有着地的落叶，一个脚掌，一个车轮，便可轻易地将我碾成齑粉。对于生命的渺小和脆弱，在那一刻，我有了更深一层的体会。"（选自《迷雾里的阳光》，作者赵兴国）

相较而言，这段文字就清晰得多。它同样很有文采，描写也非常细腻，我读一遍就能读出它的意思，而不用颠来倒去地梳理句子。文采要长在事实（时间、地点、人物、事件等）的土壤里，才不会是空中楼阁，才能真正打动读者。

我不是断章取义，也不是作文学批评，我只是讲了我在欣赏、学习同行作品时的真切感受。

总之，要想创作好"志愿文学"（包括所有文学），有一条原则很重要，那就是：有话好好说。

慢慢来，谁不是跋山涉水去相爱

"一个月前，我坐了三十个小时的硬座火车，车也踉跄人也踉跄地到了格尔木。"

这是"志愿文学"征文获奖作品《那就是青藏高原》的开篇。紧接着，作者谷以成讲述了一次做环保志愿者的经历。

"当我说出我的计划的时候，有朋友就瞪大眼睛说：'你还玩真的啊？想捡垃圾就在南京捡好了，跟到高原去捡什么啊？'我说：'那是长江源头，如果从源头开始就污染了，那么从上游，到南京，一直到上海，就全污染了。'"

谷以成说得对。在长江源头捡垃圾和在南京捡垃圾，不一样的地方还有很多。

谷以成从高原回来，朋友给他接风。面对一桌丰盛的饭菜，他突然不知道怎么下筷子了。"现在，重新又走在高楼大厦中间，面对着熙来攘往、灯红酒绿，却感觉有些陌生，有些手足无措。"

我也有过这样的感受。当年从西部采访志愿者回来以后，我经常坐在西三环辅路的马路牙子上，看着车水马龙、人来人往，流下决堤的泪水。那是一种极其复杂的心情，有困惑，有无奈，还有迷茫。那是一种似乎丢了魂魄的感觉——在西部，我把自己丢了。但是多年后想起来，其实那是一种在西部遇到久违了的自己的感觉。在北京，我们好像就是机器上的一个零件，机器不停地高速运转，我们没有时间遇到自己。当然，在南京也是。所以，当谷以成从青藏高原回来后，他有些手足无措。我想：他是在长江源头捡垃圾时捡起了曾经的自己，或者更好的自己，抑或是居住在心灵深处的自己。而这种发现，只有在长江源头，在离开原有生活的远方，才会发现和找到。

"书到用时方恨少，事非经过不知难。"

不去经历，就不会诞生《那就是青藏高原》这样优美的散文。

谷以成参加的组织叫"绿色江河"，当时正赶上沿青藏公路从格尔木到拉萨，修建十八个绿色环保驿站：一方面为过往司机提供免费的公厕、充电、饮水、Wi-Fi，以及休息等服务；另一方面也请司机将车上的垃圾，放到分类的回收箱，力求"垃圾不落地"。他说，因为正赶上建设驿站，所以有各种活儿——支帐篷、搭雨棚、接水管、树标志牌，以及其他一些驿站运转需要处理的琐碎事，还有宣传、接待、维护、收集垃圾、分类打包、销售义卖品等。

他不仅要干各种活儿，还要应对水、电、住、吃等各种问题。他说，人在艰苦的环境下，欲望自然就会降低。任何一件事情，只要心甘情愿，都能变得简单。

在作品中，谷以成还用大量笔墨写了老杨、老赵、一对恋人等同行的志愿者。"入夜，星空低垂，伸手可摘。这时候，你仿佛离天堂最近，听得到来自太空的对话。这种天人合一的意境，是别处不可能体会得到的。"我们只有体会到了别处不可能体会到的，还有别人都体会不到的事情，才能创作出别样的文学。

"我对自己的要求很低：我活在世上，无非想要明白些道理，遇见些有趣的事。倘能如我愿，我的一生就算成功。"谷以成在作品中引用了王小波的这句话。我想，也许没有一个人可以说自己是成功的，但是我们总是在不断地靠近成功，而方法只有一个，那就是去做。

这让我想起了全国政协常委、民进中央[1]副主席朱永新先生为我的拙作《当我从天安门前走过》写下的题词："公益情怀没有大小，慈善行为没有高低。行动，就有收获；坚持，才有奇迹。庆群的故事告诉我们：做，就对了。"

我之所以用一篇文章单独写下读过《那就是青藏高原》的感受，是因为它告诉我们一个道理：文学创作的背后是行动（体验、参与），而且行动是一个艰难的过程。但是，如果没有这个过程，就创作不出好的作品。如果谷以成在南京捡垃圾，他就不会产生这么丰盈的感受，自然也不会写出《那就是青藏高原》。

"不着急，慢慢来，谁不是跋山涉水去相爱。"谷以成在作品最后这样写道。

没有跋山涉水，哪有妙笔生花？

如何写出好的作品？首先要有好的行动。

不着急，慢慢来，谁不是跋山涉水去创作？

---

[1]民进中央：全称为中国民主促进会中央委员会。

他生前的最后一个愿望，是写"志愿文学"

我和他认识十余年了。

我们应该是在博客上认识的。他是通过博客上我发布的"志愿文学"作品，和我联系上的。后来的一天，他突然来到北京，来到我的办公室，说也要像我一样在北京打工、做志愿者，写"志愿文学"。因为这事，他在北京的同学专门给我打电话，让我劝他回老家，说他的孩子还小，家境也并不富裕，而且他太老实本分，不适合在北京发展。

他很听劝，在北京待了几天就回老家了。

那是我第一次见他。

五六年后，我在人民出版社发起全国读书会联盟筹备委员会，做全国读书会培训。他积极报名，又来到北京。这是我们第二次见面。在培训的三天时间里，他不仅认真听课，还为其他学员周到服务，给大家留下了深刻而温暖的印象。几个月以后，我们做第二期培训的时候，他又来报名。我们原则上不接收老学员，但考虑再三后，还是接收了他。他还是一如既往地默默做着力所能及的事情。全国读书会联盟筹备委员会副秘书长朱泓帅说，每次培训班结束后，他都是最后一个离开，帮助我们主办方做善后工作。更难得的是，有一天我居然收到他的一张汇款单，说我们做读书会不容易，他要尽一点心意。当然，我没有接受。但是，他的心意是那么的滚烫。

十余年，我们见过三次。

但是在微信里，我们天天见面。而且，他的微信头像就是他参加读书会培训班时的集体合影。他每天都会给我推送各种文章，与我交流关于"志愿文学"和志愿服务的话题。惭愧的是，我说得少，回复也慢，可这都丝毫没有影响我们之间的交流。世间这样的人，是不多的。

随着时间的推移，他的思想和文字越来越成熟。有一天，我向他约稿，请他写篇书评。随后，他写了《走近南仁东——评〈中国天眼：南仁东传〉》。由于《国际人才交流》杂志是月刊，所以安排稿件的时间有点长，但是已经审完稿、排好版，正等待付梓。

2019 年 4 月 30 日下午 2：04，他给我信息："小小老师，今晚我随志愿者们坐车去大别山分发助学物资。您曾期望我写'志愿文学'，争取此行记录点滴。"我 5 月 1 日上午 9：17 回复："期待您的文章。劳动光荣。"5 月 20 日下午 1：06，他常常提起的深圳市红十字会专职器官捐献协调员高敏大姐，给我信息："妹妹，我们的晓蔚走了。"

…………

他叫吴晓蔚，一个执着追求读书和志愿服务的人，2019 年 5 月 2 日晚倒在了大别山扶贫的路上。

读书人有很多，志愿者也有很多，但是像吴晓蔚一样纯真的读书人和志愿者并不多。

他是江苏盐城人，我是黑龙江齐齐哈尔人。盐城和齐齐哈尔两座城市有一个特别的缘分，那便是它们都是美丽的丹顶鹤的故乡。盐城市有一条齐齐哈尔路，位于亭湖区丹顶鹤湿地生态旅游区附近。两座城市一直都在纪念为保护丹顶鹤而牺牲的年轻女孩徐秀娟。

世间的事物，从来不会是偶然存在的。英雄的城市生长英雄的儿女，英雄的民族诞生英雄的精神。

晓蔚就这么走了，带着创作"志愿文学"的心愿走的。

这么多年来，他的生活一直不富裕，但是他坚持在盐城红十字会做志愿者，不仅为弱势群体，还为全国读书会联盟捐款。这种善良和纯净，就像浩瀚的星空一样闪耀和永恒。他从来不抱怨，不诉苦，他的眼里全都是美好。

他走后，在著名作家王宏甲先生、志愿者王霞女士等人倡议下，在吴晓蔚生前创建的"开慧书院"里，四天时间105人奉献了爱心，只为给他年迈的双亲和年幼的儿子，送去一份关爱。

今天，我写下这些文字，是为了纪念和缅怀一个在"志愿文学"的感召下，走进贫困山区并且长眠于那里的高贵的灵魂。

这就是志愿服务和"志愿文学"的力量。

遗憾的是，晓蔚没有留下"志愿文学"作品。但是，他用年轻的生命谱写了最壮丽的"志愿文学"。

我希望，有人能写写他。

不要让生活雪上加霜

　　"叔叔阿姨，请莫嫌弃我们穿着四季的衣服前来迎接你们。背心短裤、长袖棉袄，可能还带小洞，脚趾头好奇地从凉鞋里探出脑袋打量你们这群远道而来的客人。……

　　"叔叔阿姨，请莫嫌弃我们不甚清洁的脸蛋和带污渍的衣裳。我们也渴望有溪水一样清冽的肤色，有空气般清新的头发，能穿散发香皂味的衣物，不曾有一个破洞。……

　　"叔叔阿姨，请莫嫌弃我们蹲在操场上吃午餐，更莫责怪老师不许我们进教室用餐。学校涓涓细流般的自来水只够清洗食物和餐具。曾经我们在教室打翻食物，油腻腻的石板滑倒了好几位伙伴。……

　　"叔叔阿姨，谢谢你们没有嫌弃我，给了我好大的拥抱。

身边调皮的同学在大声冲您喊：'阿姨，他很臭，别抱他！他太脏了！'我特别害怕您会嫌弃我身上的味道，转身就走。……

"叔叔阿姨，谢谢你们送来的文具、零食、新衣服和鞋子，哪怕过年我也没获得过这么多礼物。我有了第一个书包，阿姨要求我伸开手臂背书包时，我还特别笨拙。……"

这是"志愿文学"作品《胡朝霞：跨越1500公里的爱》的开篇。文中这样写道："我第一次听到这段朗诵，是在2017年8月19日浙江宁波新碶街道海棠社区的二楼会议室。那天我带着女儿去的，当时我流泪了，女儿也流泪了。她说，我不仅流泪，眼睛也红了，用了好几张纸巾。当我们更进一步走近胡朝霞爱心团队成员的世界，我更感动了，仿佛经历了一场精神上的洗礼。"随后，该文作者仇赤斌讲述了胡朝霞爱心团队的助学故事。

看到这段文字时，我和作者一样，也非常感动，准确地说，是酸楚。

"叔叔阿姨，请莫嫌弃……"几个排比句整整齐齐、铿锵有力，句句啄在我的心尖上，每一下都渗出血来。

我相信，这些表述都是真实的：孩子们没有新衣服，没有洁净的脸庞，只能蹲在操场吃饭，身上可能还有浓重的汗臭味。就是这些，没错！但是，因为这些，人的灵魂就要这么可怜和卑微吗？

文中说，这是一段朗诵。我想知道，这段朗诵是谁创作的？是孩子自己吗？我觉得未必，或者压根就不是。这段朗诵一定是文学高手创作的，然后让孩子们朗诵出来。孩子们朗诵的时候，一定也哭了吧，因为可能突然发现自己这么悲惨；听众也一定哭了吧，因为真的太令人心酸，就像仇赤斌和他的女儿感受的一样。

我把这段文字拿给女儿看，问她看后的感受。她说，人和人是平等的，就算没有新衣服，就算脏兮兮，也不能自卑，也不能被嫌弃；而且，就算真的被别人嫌弃，自己也不能产生这种心理。

于是，我们讨论了前一段时间看过的黎巴嫩电影《何以为家》。在悲惨的生活面前，十二岁的黎巴嫩男孩扎因没有胆怯自卑，而是不屈不挠、勇于抗争。

悲惨的生活总是相似的，但是文学的表达却会大相径庭。

记得有一句话这么说："如果在正义和善良之间选择的话，我们要选择善良。"

文学不是让生活雪上加霜，而是让生活选择善良。

这种"叔叔阿姨，请莫嫌弃……"的文学表达，是会让这些孩子的身心感受到雪上加霜的。而这样的文学作品还不少，比如以所谓的"感恩教育"为底色的文学作品等。

记得有一天晚上，我让女儿去洗澡，她不去。我告诉她，如果不去，我就不陪她睡觉。她还是无动于衷。我只好默默地去洗澡了。回来后，我坐在她的床边，本来想说，我不嫌弃她，虽然她不洗澡。但是，令我惊讶的是，女儿说了这样一句话："你走吧，你太香了，根本配不上我。"

我小时候在农村长大，穿过补丁衣服，手上、脸上和身上也满是泥土。秋收时，城里人会到我们家买粮食。我现在都记得，那些叼着带过滤嘴儿的香烟、穿着雪白的衬衣、摇晃着来到我们村的城里人，当他们用丝毫没有劳动过的柔软的手掌对我们家粮食挑挑拣拣的时候，我在心里是这样想的："你们配吗？你们凭什么对劳动人民的成果'挑肥拣瘦'？"所以，要说嫌弃，真的说不好是谁嫌弃谁。

文学应该张扬美好和善良，特别是"志愿文学"。因为这种文学样式太特殊了，它的主体和客体、责任和使命，要求它更应该这样。

不让生活雪上加霜，要张扬美好和善良，这应该是"志愿文学"创作者的信仰。

有尊严，就无所不能

当今时代，信息技术迅猛发展，全媒体、高科技手段层出不穷，文学需要平心静气、屏气凝神，突出核心价值塑造、拓宽创作视野格局，发挥人文熏陶、心灵滋养、精神凝聚与价值引领的作用。作为文学的一股清流，"志愿文学"更应该承担起这样的使命。

最近，《中国青年作家报》刊登了一篇《踏地有痕》的"志愿文学"作品。文章很短，没有写贫困山区、留守儿童，只写了一件事情：志愿者安文忠帮助老乡把虫灾消灭，老乡感受到科技带动产业发展的力量，并与志愿者结下深厚友谊的故事。这个故事，很轻，却十分耐人寻味。就像安文忠结束三年志愿服务，即将离开青林乡时，"看着猕猴桃一棵棵长大，看着牛和羊一批批长大，看到老乡喜悦的笑脸，一股暖流在安文忠心底涌动"。我读完这篇文章，也感到阵阵暖意。

散文《冷本》则讲述了一个支教志愿者与十三岁藏族少年冷本之间的故事。这是一个看起来不那么沉重的故事：作为冷本所在班级的班主任，支教志愿者陪同冷本到上海看病。冷本因病致残，一瘸一拐地放羊，一瘸一拐地"跌"进福利学校，接受寄养。他没有把病痛和残疾放在心上，却把志愿者老师的事情放在心上。志愿服务结束了，老师走了。"后来，开车的司机告诉我，咱们车后一直有一个很小的身影在不停地晃动。"

这样的文学作品，重拾了人文精神，彰显了向善向上的价值取向，拓展了"志愿文学"的宽度。安文忠和老乡、志愿者和冷本，他们让我感到生命与生命之间平等的、温暖的、积极的尊严。

最近热播的一部印度电影，叫《无所不能》，里面有一句台词让人印象深刻："这世界多完美，众人皆盲。"这句台词，至少出现过两次：一次是盲人苏普丽雅遭到侵害以后，她和新婚丈夫同样是盲人的罗汉，到警察局报案。然而，畏于权势的警察说，苏普丽雅是盲人，无法描述罪犯的样子，又不能在二十四小时内提供充足的医学证据，最终无法立案。那时，罗汉说："这世界多完美，众人皆盲。"第二次是苏普丽雅无法承受又一次侵害和凌辱而自杀身亡，罗汉依靠自己的力量为妻子报了仇。警察艰难地寻找罗汉的犯罪证据，终于发现了唯一的线索，取证时却因为"目击证人"是一个盲人而失败。这时，罗汉又说："这世界多完美，众人皆盲。"

罗汉第一次说的时候，充满愤怒和悲伤，议员和警长互相勾结形成的官僚体系在正义面前闭上了眼睛，假装盲人，无所不能；罗汉第二次说的时候，充满畅爽和痛快，他虽然看不见，但是心里充满坚定的信心和信念，无所不能。

所以，我们需要文学，需要文学唤起人们内心的良知、坚韧和尊严。如果世界上只剩下一个明眼人，那应该是志愿者；如果只有一双眼睛，那应该是"志愿文学"。这就是志愿者和"志愿文学"的尊严。有尊严，就无所不能。

我的一个志向：帮助人站起来

　　偶然在网上看到，著名作家王宏甲先生 2013 年 11 月 8 日发布在博客中的一篇文章，择要如下：

　　"看到北京市东城区图书馆的一则报道：9 月 28 日上午，徐庆群走进图书馆，与近百名读者畅谈'什么是好的文学'。很高兴。我择要转述，同有共同志趣的朋友分享。

　　"她谈了她对好的文学的三点感受。一是根植于生活的文学是好的文学（这句话似乎谁都不陌生，然而这是她有过种种心灵体验后的再认定。须知，人类历史上真正的继承，都是经过自身再认定的结果）。二是好的文学不一定是因为技巧，而一定是因为真诚。三是好的文学不一定能当饭吃，而一定能让我们觉得饭更美味。最后归纳一句是：让世界更美好的文学是好的文学。

"徐庆群写的第一本书，是她到西部穷乡僻壤访问志愿者们写下的纪实文学作品，让我们看到，那片辽阔而贫穷的土地上，那些孩子们令志愿者们感受到自己存在的意义。是的，是那些孩子，让志愿者们感受到自己来到这穷地方的意义。这本书是《他们在行动——中国志愿者纪实》。此后，她陆续写出的作品有《当我从天安门前走过》《我们在一线》。

"只要看看这些书名，或许可以说，很久很久了，这些似乎都不是'时尚'的话语，但那是她的心灵之声。她坚持自己的心声'不为人迁'，这就是个性。而坚持个性的表达，就是一个有志向的作家的品格。她所谈的'什么是好的文学'，同样是用她的心，用她深入'一线'的脚步讲述的。只是，要真正理解她说的意义，并不容易。

"我想起，某年我去波兰访问，波兰作协安排我们去参观华沙博物馆，接待我们的是一批波兰老太太。我们起初有点惊奇，不知何故。接着，才知道，她们是这个博物馆最早的创建者。波兰历史上曾经三次被异族侵略乃至瓜分。现在，接待我们的这些波兰老太太，当年都是年轻的姑娘和少妇，她们都是波兰文学的读者。祖国被侵略者灭亡了，波兰作家的诗歌、散文、小说等就是她们心中的祖国。她们开始收集祖国沦陷时期波兰诗人、作家的作品，有的是地下油印的。祖国获得独立后，她们把这些作品、文物捐献出来，自发地建起了一个博物馆，如今成为国家博物馆。我们由此非常感动，对她们充满敬意！而她们说，当年，我们就是爱读书的女孩。"

看到这些文字，触动我的，不只是王宏甲先生对我的褒奖，更是他讲述的华沙博物馆的见闻。如果说2006年出版的《他们在行动——中国志愿者纪实》开"志愿文学"先河，那么，十三年间，我们是否统计过：一共有多少"志愿文学"作品诞生？当然，《中国青年作家报》开辟了三个版面，每期都刊登"志愿文学"作品，此举可谓功德无量。这也必将载入中国志愿服务发展史，载入中国文学发展史，载入中国社会文明发展史。中国青年志愿服务已经走过二十余年，再过二十年，再过三十年，今天的志愿者就会成为华沙博物馆里的那些"老太太"，那将是一件多么令人温暖的事情。

2013年9月28日讲座结束后，我在微信朋友圈发了一段文字：

"今天上午在东城区图书馆做了《什么是好的文学？》的演讲。现场听众大多数是老人，还有青年学生。我没有想到，现场的朋友们如此热烈支持，在互动时，有的流泪，有的哽咽。有个青年学生后来在微博私信里告诉我，他听哭了。我非常感动，不仅因为他们给我的掌声，更是因为我感到文学的希望和民族的希望。我非常感谢，不仅因为通过这个机会，我梳理了对文学的认识并且有更多新的发现和体会，而且还因为作为一个区级图书馆，东城区图书馆三年来办的'书海听涛'越来越有影响而彰显出的人文情怀和社会责任。我以为，好的文学是一个人的精神领地，是一个人的生命吟唱，是一个人的阳光雨露。一个热爱文学艺术的人是有教养的，一个热爱文学艺术的民族是有希望的。帮助人站起来，帮助人建立尊严，帮助人胸怀大爱，帮助人抵达幸福，这样的文学'善莫大焉'。在文学面前，我还是个小学生；但是今天那些苍苍白发的老者，那些稚嫩脸庞的少年告诉我，必须好好地走下去！我会的。这已然是我应尽的一份社会责任和人文良知。谢谢！"

真的特别感谢王宏甲先生在博文中对我的评价："她坚持自己的心声'不为人迁'，这就是个性。而坚持个性的表达，就是一个有志向的作家的品格。"我希望，所有从事"志愿文学"创作的作家，都能成为有志向的作家。唯其如此，"志愿文学"才能成为有志向的文学。这志向的一个重要内容，就是帮助人站起来。

去志愿，去体验

　　一边谈"志愿文学"，一边看"志愿文学"。

　　最近,《中国青年作家报》连载的三篇"志愿文学"作品，
让我印象深刻。

　　比如，仇赤斌的《胡朝霞：跨越 1500 公里的爱》，讲述
了胡朝霞爱心团队为贵州山区孩子助学的故事。2010 年，胡
朝霞被评为"感动港城、振奋北仑"十大新闻人物，在颁奖
晚会上她认识了另一位获奖者陆汉幸。当得知陆汉幸援建的
贵州省台江县巫梭小学里有许多孩子吃不上一顿热腾腾的午
餐，穿不起好衣服，胡朝霞当即决定资助。"看到一轮明月
挂在高空，正是万家团聚的时刻，胡朝霞就问团员：'我们
这么辛苦，是为了什么？'他们的回答是：'一切都是为了爱！'

胡朝霞说:'好,你们跟我一起干,我愿意做这样的领头羊。'"

比如,戴时昌的《踏地有痕》,讲述了安文忠在贵州省六盘水市水城县青林乡灰依村扶贫的故事。"昨晚下了一场小雨,今天太阳又出来了。贵州省六盘水市水城县青林乡灰依村大土路组的一片猕猴桃,鲜活生辉。中午时分,安文忠和王正朝又来到猕猴桃架下,看着已经有核桃大小的猕猴桃一个个喜人地生长着,二人兴奋地说开了。"可是,这一片收成可以达到十几万的猕猴桃林,可不是凭空产生的。志愿者安文忠认识到,想打赢脱贫攻坚战,就要有几个支柱产业。他在走访中发现,青林乡的山上有很多野生猕猴桃。通过上网查阅资料,他觉得青林乡的海拔条件、所在纬度非常适合猕猴桃的生长。他想在全乡发展猕猴桃产业,但老乡们却不买账。本来,他想从苗族老乡王正朝那里找个突破口,却遭到一口回绝。直到他带王正朝到中国科学院武汉植物园参观学习后,王正朝才动了心。如今,在王正朝的带动下,全乡推广种植猕猴桃一千多亩。

比如,李朝全的《十年守护农村"最美天堂"》,讲述了一位青年教师蒋华进义务做作家(农家)书屋管理员的故事。2004 年,金兴安在家乡安徽定远县蒋集乡为父老乡亲筹建了一座作家(农家)书屋,被蒋集的莘莘学子誉为人间"最美天堂"，被农民们称为"移不走的知识银行"。书屋建成后，金兴安最担忧的是图书借阅管理和上架更新的问题。这是农家书屋、爱心书屋等各种公益书屋都会面临的普遍问题。十几年前，我到贵州山区采访时，当地志愿者给我看过从全国各地捐赠来的堆积如山的各种图书，有的发霉了，也没有打开，更别说有一间屋子可以安置并且得到管理了。"刚开始时，作家（农家）书屋找了一位退休老教师帮忙。但是借阅图书的师生太多了，年过花甲的潘老师显得力不从心。"这时，蒋集中学的青年教师蒋华进主动请缨，当上了图书管理员。

故事都很感人，也很文学，但是我还有另外一种感受，就是这三篇作品除了安文忠可以用志愿者来界定以外，另外两位主人公胡朝霞和蒋华进更像是公益人物。我们在生活中，也需要厘清志愿服务、公益行为和慈善活动的关系。志愿服务更多地强调团队、参与、专业。比如，一个公司向灾区捐了十万元，这就是公益行为或者慈善活动；如果这个公司派具有专业技能的员工到灾区救灾，那就是志愿服务。那么，在文学创作中，如何界定"志愿文学"作品和好人好事的表扬稿呢？作家忽培元说，"志愿文学"绝对不能写成好人好事的表扬稿，而要书写和呈现一种真实的人生体验。我十分赞同这种观点。如何来界定？我认为有一个基本标准，那就是：创作者本人是否参与、体验了这种志愿服务活动。在之前的文章中，我多次说过，创作"志愿文学"的首先应该是志愿者。

三篇作品，一是关于爱心助学，二是关于精准扶贫，三是关于文化建设，又可以概括为扶贫和扶智两个方面。扶贫和扶智是相互关联的，扶贫首先需要扶智。如果没有安文忠带王正朝去中国科学院武汉植物园参观学习，王正朝的心仍然不会动，贫也扶不了。改变人们的观念和认识，这是精准扶贫的一层深意，是"精准"的首要。其实，志愿服务就是扶贫，核心是扶思想的贫瘠。"志愿文学"同样应该起到这样的作用。因此，我希望更多的创作者能像胡朝霞、安文忠、蒋华进那样，去志愿，去体验，只有亲身参与才能真正做到"扶"。这是"志愿文学"区别于别的文学的关键所在。

真实是最有力量的

有时候，我们遇到的一些文学作品，读来会让人不舒服。

比如，有一篇"志愿文学"征文获奖作品，说一个孙姓志愿者为了到贵州支教，"好几万的年薪都不要了，公司非留她不可，她说去去就回。谁知许诺的是三个月，到现在都三十多个月过去了，还没回公司"，"老总大哭一场。男朋友吹了,她也无所谓"。读到这里,我一点也没有感动,反而笑了。这个志愿者支教的地方叫大方，我也去过。

我当时去采访的志愿者叫徐本禹。这篇"志愿文学"征文获奖作品里也说："一个叫徐本禹的山东青年，因为在大方县支教，成为 2004 年'感动中国'人物。后来很多到大方支教的青年，就是因为崇拜他而追随他足迹的。"但孙志愿者似乎不是，她甚至以为徐本禹叫许本禹。我当年是受到徐本禹事迹的召唤而去采访的，这是外因。但是，内因只有我自己知道，这么多年来我从没有提起过，因为没有一定要提及的场合和必要。但是，它是真实的，那就是：我失恋了，我和男朋友吹了。然而，我不能像孙志愿者一样无所谓。我觉得，凡是拥有正常情感的人，对一段情感的结束，都不能像文中写的那样"无所谓"吧，不管这段感情最终是多么糟糕。因为这不真实！2004 年，我结束了长达七年的初恋，尽管最终一定是因为不适合而无法继续，但我还是很痛惜。结束一段感情，痛惜的也许不是那个人，而是那一段青春、那一段美好，所以无论如何都不能无所谓。失恋以后的日子，就像头顶遮了一块幕布，眼前拉下了一个黑帘。青春已近正午，正慢慢滑向天边；爱情如雨后彩虹，转瞬已逝。我用所有力量和信仰筑造的爱的小巢，在一场风雨过后坍塌了。人生该何去何从？

　　这时候，我从媒体上看到徐本禹的事迹。我发现，人生还有另一种活法儿，青春还有另一种绽放。于是，我决定奔赴西部，发挥自己写作的特长，写下更多志愿者动人的故事。我相信，越是贫瘠的土地越有更多希望的可能，在那里，我一定可以找到人生的意义。这就是我为什么孤身一人到西部采访的内因之一，也是最重要的原因。

外因是事物发展的条件，内因是事物发展的根据，外因通过内因起作用。所以，孙志愿者的行为，我觉得不够真实，准确地说，是创作得不够真实。

不回公司，老总大哭一场；许诺三个月后回去上班，三十多个月都没有回去；和男朋友吹了，也毫不足惜。这一连串的描写，怎么都觉得不够真实。试想：一个员工离职，老总会大哭一场？既然许诺三个月，三十多个月都不回去，不应该跟公司说清楚吗？这难道不是一个人最基本的诚信吗？何况，她的身份还是志愿者。

当然，我们不能吹毛求疵，任何事情都有很多我们想象不到的复杂性。所以，我更多谈的是文学创作。创作应该真实，应该符合生活逻辑和自然人性。如果创作者没有深度挖掘，只写了现象却不触及本质，或者只根据某一现象就推导出本质，这是另一种"谎言"，是没有站在事实基础上的虚构。现实主义不是不能虚构，但一定要把谎言去干净，表达得客观真实。

很多文学作品让人感觉不够真实，是因为里面有谎言。我们一般不会是谎言的有意制造者，但是如果我们不去挖掘现象背后的本质，而只是隔靴搔痒、蜻蜓点水，就有可能成为谎言制造者。因此，我们在创作的时候，应该伸出胳膊往上够一够，最好还要跳起来够一够；应该迈开腿往前走一走，最好还要加上速度跑一跑。

新闻有"三力"：观察力、发现力和表达力。记者或者创作者也有"三力"：脚力、眼力和脑力。"文生于情，情生于身之所历"，"六力"到位，笔力方能雄健。对于创作"志愿文学"的人来说，这更加重要。

挖掘真实，表现真实，真实是最有力量的。

在生命的荒原上，
盛开着一片绿油油的文学梦

　　刚做记者的时候，领导跟我说过一句话，让我一直铭记在心。他说，文学梦就像青春痘，每个人都会经历。我没有长过青春痘，所以当时对他的话，颇不以为然。

　　当走上文学创作的道路以后，我才忽然明白：为什么每个人在青春年少时都做过文学梦？那是因为每个人都会经历少年烦恼和青春疼痛，只是有的来得早，有的来得晚。

　　当少年有一天突然感觉身体上有疼痛，精神上有迷茫，感觉灵魂在忽远忽近地游荡；想要长大，变成书里和影视剧里大人的样子，逃离充斥着爸爸训导、妈妈唠叨的书桌；一个平常的招呼也会让自己脸红或心跳加速，喜欢上一个人却不能表白……当这个少年进入到生命的这个阶段时，他该怎么办呢？烦恼或疼痛，总得治。怎么治？

有人可能开始叛逆，对周遭的人和事失去热情与耐心，沉迷网络游戏、抽烟喝酒、化妆逃学甚至暴力欺凌；也有人选择了文学，用日记写下自己的心情，给喜欢的人写首情诗，为未来写一篇小说。于是，我们发现，其实每个人都可以成为作家。即便那心情就是流水账，那情诗就是大白话，那小说就是白开水，这都没关系。我们只需要按生活的本来面目娓娓道来，把日常生活中的琐碎小事记录下来就好。在每一个、每一行的文字中，我们的烦恼和疼痛就会慢慢地得以消解、治愈。

这是文学的作用。即使你没有写，也一定受到很多文学作品的影响。在这些文学作品中，你找到了方向甚至信仰。但是，当我们度过了青春期，走向了人生不同的方向，也许只有少数人当了作家。"她是作家。""哦，作家？好厉害。"当别人介绍我时，往往会加上"作家"这个头衔，听到的人会表示出惊讶。一方面真的觉得会写文学作品的人好厉害；另一方面可能还有这样的想法："作家也要当吗？不是人人都可以写东西、当作家吗？"是的，很多人没有走上创作的道路，或者因为没有养成阅读和写作的习惯；或者因为陷于繁忙的工作生活之中，已感受不到烦恼和疼痛，而不需要文学了；或者因为长大后发现，创作文学作品是一件挺矫情的事情，那都是文人墨客干的，和公务员、工程师、教师、医生又有什么关系呢，一个会写诗的公务员、一个会写小说的医生，往往被周围的人视为异类。

曾有一位领导，他和我遇到过的好多领导都不同。别人说他太严格，但是我总能感觉到他亲和的笑容和明净的内心。直到有一天，我发现他爱读书，而且读得很认真；他喜欢写诗，而且写得很别致；他擅长摄影，用无人机也能拍得大气磅礴。于是，我发现：一个人不管到什么年纪，如果还喜欢读书，还能吟几首小诗、写几篇散文，这个人就是温软和精致的。

所以，不论我们走到了人生的哪个阶段，都不应该忘记曾经那个拯救过我们心灵的文学梦。

党的十八大以来，习近平总书记独具个性的语言风格，不仅展现了他作为大国领袖的超凡气质，更展现了他个人深厚的文化魅力。1991 年 1 月，时任福州市委书记的习近平，写下了这首《军民情·七律》：

"挽住云河洗天青，闽山闽水物华新。

小梅正吐黄金蕊，老榕先搯碧玉心。

君驭南风冬亦暖，我临东海情同深。

难得举城作一庆，爱我人民爱我军。"

一个人的成长过程中，总有一种化解艰难险阻、支撑勇往直前的力量，文学可以说是支撑我们走过少年烦恼和青春疼痛的重要力量。

在采访志愿者时，我发现，有很多志愿者在西部成了诗人，成了作家。因为他们在从事志愿服务的时候，在璀璨的星空下、在广袤的土地上，获得了一种特别的疼痛和别样的欢愉。怎样化解和享受？那就原原本本地写下来吧。这其实就是"志愿文学"的初心和使命。

无论到什么年纪，我们都要记得，在生命的荒原上，曾经盛开过一片绿油油的文学梦；无论到什么时候，我们都要记得，"志愿文学"源于志愿者和志愿服务。

为什么不叫"志愿者文学"？

自从谈"志愿文学"以来，读了很多"志愿文学"作品。《中国青年作家报》2019 年 4 月 16 日刊登的《爱心延伸到的地方》，让我眼前一亮。

作品的开头，讲述了这样一个令人悲伤的故事。

"2006 年，无极县一名音乐教师耿巧娟被确诊为早幼粒白血病 M3。这种白血病发病快，随时面临死亡，可（在目前医疗条件下）治疗效果却是最好的。她已记不清多少次忍受着病痛折磨，在医院与家之间往返。为了给她治病，丈夫把企业股份卖掉，又四处借钱。同事们获悉情况后，纷纷给她捐助。这些都让耿巧娟非常感动。劫后余生，她开始不断地叩问自己的灵魂：生命如此脆弱，以怎样的方式活着才会更有意义？2008 年，她开始把她的种种感悟，写在自己的博客里。"

"生命如此脆弱，以怎样的方式活着才会更有意义？"这是每个人都需要叩问自己心灵的问题。通常我们会觉得，对于一个身患重病的人来说，活着似乎才是最重要的，其次才是怎样活的问题。但是，一个人如果已经知道生命随时可能结束，那么对他来说，怎样活得有意义才是最重要的。耿巧娟用重疾的身体发出的生命叩问，得到了回响。

一位网友被耿巧娟的乐观坚强深深打动，向她介绍了一个志愿服务团队——河北"爱心无限网"。在身体状况允许的情况下，她开始在网上浏览，了解爱心网站的各种信息。贫困山区的失学儿童、鳏寡孤独老人……一个个亟待救助的名字，深深刺痛了她的眼睛。她那颗善良的心开始萌动，她仿佛也看到了自己生命的曙光。从此，耿巧娟成为志愿者，在无极当地收集衣服、被褥和接受善款，然后捐献给"爱心无限网"。

耿巧娟的故事，让人同情又感动。"爱心无限网"这五个字，让我眼前一亮。我看过很多"志愿文学"作品，几乎都是写人、写志愿者，这篇也是。不同的是，这篇作品在"爱心无限网"上也着墨不少。特别重要的是，它告诉了我们，耿巧娟是如何成为志愿者的，是什么事情成就了她。

我在一些"志愿文学"作品里看到过类似的描写，但是，大多数作品几乎都停留在写志愿者从事志愿服务时发生的故事，显得平面不立体，当然也不会深刻。其实，一个志愿者走上志愿服务的道路，一定不是偶然的。大多先是个人的生活或者工作发生了某些变化，后来受到某些志愿者或者志愿服务项目、组织的影响，进而成了志愿者。

前一段时间，一个志愿者到北京出差，顺便来看我。那是我们第一次见面，但是在微信上彼此已经很熟悉了。我了解他从事的志愿服务和公益活动，问他为什么这么执着，靠什么来生存，有怎样的发展。他给我讲了他的故事。十年前，他和妈妈、弟弟发生了车祸。他昏迷了一个月，醒来后，发现妈妈和弟弟已经走了。那时，他不知道该怎样继续人生。直到，他自己想通了：人生短暂且无常，一定要做点有意义的事情。于是，他开始做志愿服务和公益活动。十年来，他度过了许多难以想象的艰难时刻。每当快要坚持不下去的时候，他总会想起妈妈和弟弟，又咬牙坚持了下来。"不会赚很多钱，但是活得很有意义。"他说。

所以，志愿者并非单个人，他们开始从事志愿服务事业，或许源于一个组织、一个项目的号召，或许受某件事的触动。

显然，我们在创作时挖掘得很少。对这些背后的故事挖掘得少，就会使作品停留在好人好事的层面上，而不能很好地展现广阔的时代背景，作品也会单薄无力。

2014 年，由共青团中央、中央文明办[1]、民政部、水利部、国家卫生健康委员会、中国残疾人联合会、中国志愿服务联合会等单位联合举办的中国青年志愿服务项目大赛启动，截至 2018 年 12 月已经成功举办了四届。作为中国青年志愿服务项目大赛专家评审委员会委员，我参加了三届。同时，我还参加过北京市小微志愿服务项目支持计划的评审工作。无论是在网络上投票，还是在大赛现场给参加路演的项目打分，我都给予了特别的重视。其中有很多项目，让人感动，让人触动，甚至让人振奋。

因此，我认为，"志愿文学"不能只讲志愿者的故事，也需要多讲讲志愿者所承担的项目和所在组织的故事。如果没有项目规划和组织协调，志愿服务很难进行并持续。

曾经有人问我：为什么叫"志愿文学"，而不叫"志愿者文学"？我想，除了要写志愿者本人，以及志愿者扶助的对象，这也是其中一个答案吧。

---

[1]中央文明办：全称为中央精神文明建设指导委员会办公室。

你的文字里，
藏着你的长相和心地

　　话说，唐朝有个和尚，法号叫齐己。齐己喜欢写诗，他的好友郑谷也是个诗人。有一次，齐己写了一首诗，拿给郑谷看。这首诗叫《早梅》，其中有这么两句："前村深雪里，昨夜数枝开。"郑谷看了笑着说："写得好，意境很好，情致也很高；但是'数枝'不能表现出早意来，不如用'一枝'好。"齐己惊讶不已，不由得整理三衣，恭恭敬敬地向郑谷拜了一拜。从此，众多读书人就把郑谷看作齐己的"一字之师"。

　　历史上出现过很多"一字之师"。说一个近点的故事：一次，郭沫若去看话剧《屈原》。第五幕第一场中，"婵娟"怒骂"宋玉"："宋玉，我特别地恨你，你辜负了先生的教训，你是没有骨气的文人！"郭沫若听后，感到骂得不够有分量，就到后台找"婵娟"商量，建议在"没有骨气的"后面加上"无耻的"三个字。旁边一个演员灵机一动，说："不如把'你是'改成'你这'，'你这没有骨气的文人'多够味，多有力！"郭沫若连声称好。

为什么修改一个字，都能称为老师？因为一字值千金。

我做编辑、记者已经有二十年了。做了这么久，而且从未中断过，是因为我深深地陷入文字的魅力之中。一个标点、一个字，用得好，那就是锦上添花；否则就像我的老领导、原学习时报社总编辑周为民先生讲的，像"吃了一颗坏花生米"，感到别扭和不舒服。所以，在审稿、编稿、写稿的过程中，经常为一段文字、一个标题、一个词语、一个标点反复斟酌。可以说，你的表达既取决于你的心地和境界，又取决于你的知识和素养。

作家出版了作品，往往会召开研讨会，会上众人多溢美之词。多年前，我在学习时报社工作期间，参加了著名马克思主义理论家、中共党史学家、教育家龚育之先生的《党史札记》作品研讨会。所有参会者都发自内心地赞美龚育之先生的作品，但是龚育之先生却这样回应，大意是："你们这样说，就像开我的追悼会，只有在追悼会上评价一个人才是完美的，没有缺点的。"这段话令人印象深刻，让我对龚育之先生更加敬佩。

还有一次作品研讨会，也让我念念不忘。会上，同样是好评如潮，但有一位评论家指出，作者在后记中用到了一个词语——"下层"，是不对的，应该用"底层"。在英语中，这两个词都被用来界定劳苦大众的身份，"下层"是Underclass，"底层"是Subalternate groups。有人觉得二者可以通用，其实不然。如何表达，实实在在体现了作者的心地和境界。

由于从事不同的工作，人们拥有不同的身份。餐厅里总有老板和服务员，马路上总有开车的、骑车的、走路的和搞清洁的，也总有在办公室、空调房里等外卖的和顶着烈日送外卖的……在一个有温度的文明的社会中，不论是哪种角色，从事什么样的工作，权益都可以得到基本的保障。能吃饱能穿暖，有钱上学有钱看病，被社会认可和尊重，没有高低贵贱之分，这样的社会就是一个好社会。我的女儿总是感叹，那些敬业的马路交通协管员能干出国家主席的感觉。这不就是他们为自己赢得的一份尊严吗？而这些，难道不应该反映到我们的文学创作中来吗？文学要引领一个社会的精神气质和走向，要彰显高尚的心地和境界。

那为什么又说，表达取决于知识和素养呢？首先，创作者要多读书，而且还要读好书。俗话说："熟读唐诗三百首，不会作诗也会吟。"读多了自然就会写，就会说。其次，短文最难写，短句最有力。一句话能表达清楚，就不要用两句话。我在学习时报社工作的时候，报纸的顾问、中央党校教授沈宝祥先生，经常引用清代著名书画家郑板桥的书斋题联"删繁就简三秋树，领异标新二月花"，告诉年轻的编辑、记者，创作要以最简练的笔墨表现最丰富的内容，要"自出手眼，自树脊骨"，不可赶浪头、趋风气，必须自辟新路，似二月花，一花引来百花开，创造与众不同的新格调。时任学习时报社总编辑的周为民教授，也经常告诉我们，写文章要平易近人，不要煞有介事，少用叹号等。

创作，不是一件容易的事情。有一句流行话叫"你的长相里藏着你读过的书、走过的路、爱过的人"，而我想说，你的文章里藏着你的长相、你的心地、你的格局，所谓"文如其人"。所以，对于文学创作这件事情，切不可大意，更不能轻慢。

如果不是走投无路，
谁会去搞创作？

我经常会被问到这样或者那样的问题："您小时候是不是就特别爱读书，爱写作文？您大学是不是上的中文系？您的梦想是不是当作家？不会写文章，不知道怎么写文章的开头，怎么办？是不是一定得有足够的生活阅历才能从事写作？……"

对于这些问题，我想一揽子回答一下，希望我的答案能给更多人以启发。不是我聪明，只是因为我经历过。

我出生在 20 世纪 70 年代中国东北的一个小山村，那一年国家发生了很多巨变。但是，那个年代遇到的是"书荒"，特别在东北。我还比较幸运，除了学校发的语文、数学课本以外，还能见到父亲从学校拿回来的《半月谈》杂志，那是我唯一的课外书。改革开放四十年过去了，现在书倒不"荒"了，可是人心"荒"了。完成了义务教育、高等教育以后，很多人都没有认真地读过书，以为研究生都毕业了，书也就读完了。其实，即使你博士毕业了，也不能说读完了书，只能叫上完了学。

我小时候不爱写作文，因为我觉得写字好辛苦。父亲先在小学后在中学当教师、校长，教语文、政治，业余时间写小说。那时候没有电脑，只有方格纸、钢笔、墨水、蜡烛。父亲写完改改完抄，一遍又一遍，真的是点灯熬油"爬格子"。看着父亲下了班回到家，还要伏案爬格子，背佝偻着，烛光映照着清癯的面庞，我觉得很凄凉。那一刻，我在心里下定决心，以后做什么也不写作。

小时候，我不爱写作，所以也没有作家梦。那为什么后来当了编辑、记者，我又走上了创作这条道路呢？我记得读过一篇微信推文，是讲俄罗斯总统普京的。普京说，如果不是走投无路，谁去当总统？我深有同感。当年，学财会的我，不想从事财务工作，又不想做行政秘书之类的工作，走投无路之下，去了正在招聘工作人员的学习时报社，做了短暂的发行工作后，又当了编辑、记者。

刚开始当编辑、记者的时候，我也不会写作。因为不会写作，对稿件的好坏自然没有多高的分辨能力。但是有个道理我懂，那就是——找那个领域最顶尖的作者约稿，谁是大专家找谁。大专家往往都很忙，那怎么办？我就锲而不舍，一次不成去两次，两次不成去三次，直到把稿子约来。很多大专家、老师都被我的精神感动，非常支持我的工作。所以，我在学习时报社近七年时间，联络了三百多位作者。身为记者还是要写文章的，怎么写呢？时任报社总编辑的周为民教授的原话是："想怎么写就怎么写，想怎么开头就怎么开头。"这听起来像一句废话，但是很管用。我按照他说的去做，真的就慢慢写出来了。还有一位作者叫王舟波，现任中华全国总工会机关服务中心主任。他说，每次写完文章就放进抽屉里，一周以后再拿出来改，就这样改几次，文章就写好了，因为文章都是改出来的。

由于工作的关系，渐渐地我也萌发了当作家的想法。但是，曾被人打击过："你太年轻了，根本没有生活阅历，怎么当作家？"我听了，也深以为然。没有强烈的喜欢，没有充分的积累，没有足够的信心，怎么才能创作出作品？一晃几年过去了，除了写过一些小小的消息、通讯以外，我还从没有驾驭过大稿件。直到我遇到志愿者，直到我接触到志愿者的故事，我才觉得我应该写，必须写。怎么写？那就"想怎么写就怎么写"。所以，不要等到中年才写作，不要等到老年才当作家，每个年龄阶段都可以有不同的表达。我希望，有想法的年轻人不要等，要去做。现在时代不一样了，表达的渠道很多，可以写微信公众号，可以在喜马拉雅APP上读书……每个人手里都有一支笔、一个麦克风，在遵纪守法的前提下可以自由地表达自己。

现在书不"荒"了，每年有四十多万种图书出版。这样算下来，更多种子会播撒在人们心里，长出思想的小苗、大树，开出花，结成果。年轻人应该珍惜这个时代。

不管你爱不爱写作，有没有作家梦，写得好不好，都没有关系。如果你想表达，就写下来，给自己和未来一个记录，这样也很好。比如，写写自己，写写祖辈。这些都是重要的纪念，也是中国家族史的传奇内容，是家文化的最好传承。

如果你刚好遇到志愿者，或者你就是志愿者，那一定要写"志愿文学"，把这个时代最美好、最高尚的人和事记录下来，把推动时代进步发展的独特力量记录下来。让更多人感受美好，这是一件多么好的事。

对了，还有人问过，我的梦想是什么。我说，是我女儿长大了的那个时代，比现在这个时代还要好。如果人人可以当志愿者，人人都愿意写志愿者，那么我的梦想就一定可以实现。

是的，如果不是走投无路，我也不会搞创作。

所谓"走投无路"，就是你必须得走那条你本不愿意走，命运却已经为你准备好的路，这就是使命吧。

不能忘了，
那些发自心底爱我们的人

最近，集中读了大量的"志愿文学"作品。

有一个感受，有的作品是志愿者基于个人经历和感受创作的，有的作品是作者对志愿者进行采访后创作的。今天我读到的这部作品，却是另一种写法。

这部作品是《中国青年作家报》2019年2月19日刊登的散文《见证》。文章不长，作者张健讲述了李晓莹在新疆支教过程中发生的点滴小事：李晓莹第一次给学生上课的兴奋和激动，李晓莹生病住院时同学们的惦记和探望，李晓莹在电话里情定终身。文末，张健说："对了，忘了说，李晓莹，我的大学同学兼老乡；同时，也是我的女朋友。我还记得，昨天最后她轻轻地说道：'谢谢你支持我志愿支教，它不是那么的美好，但是那么的充实，也是我们爱情的见证。'"这时，我才明白，他们在支教前就已经确立了恋爱关系。

作为李晓莹的男朋友，张健在文中没有更多地描写他俩之前的爱情，也没有描写他俩因为支教而分开的纠结与不舍，略显得有点遗憾，也许这并不是这篇散文的使命。但是从亲人、爱人、恋人或朋友的视角，来讲述志愿者的故事，来创作"志愿文学"，应该引起我们重视。

"一千个读者，就会有一千个哈姆雷特。"对于某个志愿者来说，不同的人从不同的视角去看，会有不同的故事。李晓莹在支教期间生病住院，张健跑到新疆看望。"因为我出现在了她的病房里，而我们两个小时前还在通电话。我进来的时候，她正在看报纸，明亮的灯光下显得安静而又柔弱。我敲了敲门，在她诧异而又惊喜的目光下，上前拥抱她。她狠狠地抱着我，伏在我的肩膀上，发出呜咽的轻响。有什么东西穿透了我厚厚的棉衣，落在我的肩上，凉凉的，但是我的内心是温暖的，我知道她也是。我们就这样，拥抱了许久，谁都没有说话。"这种呈现和交流，只会在两个相爱的人之间产生，也让作品富有感染力。

我在采访志愿者的时候，为了呈现人物立体、全面、真实的形象，不仅要采访他本人，还要采访他的老师、同学和家人。比如，为了采访志愿者徐本禹，我先去了他支教的贵州省大方县大水乡大石村的华农大石希望小学，又去了他的母校华中农业大学，还去了他的家乡山东省聊城市。我不仅采访了他本人，还采访了他在贵州支教时的同事、教过的学生、打过交道的家长，以及当地的官员和群众；我采访华中农业大学的领导、老师和同学，采访他的父母、亲戚和朋友，还采访慕名追寻他而去支教的年轻人。每个人眼中都有一个徐本禹，把所有的徐本禹整合、融汇在一起，就是真实的或者是更接近真实的徐本禹。

我们知道写作有五个 W，也就是 Who，Where，Why，When 和 What，简单地说，就是人、地、事、时、物。其实，我们可以把这五个 W 理解得再深刻一些：谁，在哪儿，什么时间，做了什么，为什么做。我们写文章的时候，基本可以做到四个 W，但是 Why 一般没有做到或者做得不好。在阅读了大量作品以后，我发现"志愿文学"也存在这样的情况，甚至很突出。我们想了解志愿者做了什么，更想了解他为什么这样做，初衷是什么。其实在采访的时候，我们不太容易从志愿者本人那里得到答案，因此我们需要做如前面我提到的那样的采访。采访的人越多，层面越不同，得到的素材就越多，故事也越丰满。

　　谈了这么多"志愿文学"，有很多朋友给我留言。刚刚中国光华科技基金会的潘福燕老师还在与我交流，她分享给我《哈佛家训》上的一个小故事《邦迪的请求》。故事里说，一个小男孩捏着一美元硬币，挨家挨户地向商店询问有没有上帝卖。遭遇无数冷眼后，终于有一家店主——一个慈祥的老人接待了他。原来，把男孩养大的叔叔从脚手架上摔了下来，一直昏迷不醒。医生说，只有上帝才能救他。"我把上帝买回来，叔叔就会好起来。"男孩邦迪说。店主问邦迪："你有多少钱？""一美元。"邦迪说。"孩子，眼下上帝的价格正好是一美元。"店主接过硬币，从货架上拿了瓶"上帝之吻"牌饮料递给男孩，接着说，"拿去吧，孩子，你叔叔喝了它，保准就没事了。"几天后，一个由世界顶尖医学专家组成的医疗小组来到医院，对男孩的叔叔进行会诊，并治好了他的伤。后来，男孩叔叔的住院费被老人付清了，那个医疗小组也是老人花重金请来的。再后来，男孩叔叔收到一封信。信中说："先生，您能有邦迪这个侄儿，实在是太幸运了。为了救您，他拿一美元到处购买上帝……感谢上帝，是他挽救了您的生命。但您一定要记住，真正的上帝是人们发自心底的爱！"

在感情上离我们最近的人，一定是发自心底爱我们的人。所以在写志愿者的时候，一定不要忘记写发自心底爱志愿者的那些人。他们感受和见证的，才是故事真实且重要的部分。

愿每个青春的土地上，
都盛开"志愿文学"之花

最近，国内外的热点问题和事件非常多。

越是这样，越需要摆放一张安静的书桌，去思考一下世界大势和国家大事。

"苟利国家生死以，岂因祸福避趋之。"除了中美贸易战，便是香港暴乱事件，每时每刻都牵动着国人的心。

2019 年 8 月 9 日，香港反对派示威者在香港国际机场发起所谓的"万人接机"集会。在机场抵港大厅，一名香港女子对示威者挥动美国国旗的行为感到不满，欲单枪匹马从示威者手中夺下旗子。她在接受采访时，说了这样一番话："我自己有两个小朋友。我刚才照相，（发现里面）好多都是十七八岁的中学生。我在这里跟政客说，不要利用我们的下一代，不要再利用小朋友的心智未成熟，不要令他们做你们（政客）的箭靶……"这一幕令人触动，我想，这位母亲说出了所有香港人的心声："我们只想香港安乐，人人有饭吃，人人有工作，平平静静。""我们的警察很辛苦！""我们的学生很辛苦！""不要利用我们的下一代！"

富有戏剧性的是，有这样一篇报道称：乱港派头目大肆煽动年轻人走上街头，极端示威分子暴力冲击立法会大楼，扰乱社区秩序，破坏商户正常经营，令香港的民生经济和国际形象受到严重损害。但是，煽动香港暴乱的幕后黑手们，对于子女的政治生活却有着截然不同的态度。"显然，乱港头目心里非常清楚，自己所做的是缺德事、违法事、肮脏事，不能让自己的子女参与。让自己的孩子走开，用别人家的孩子当'政治燃料'，用心何其险恶！"我们相信，随着事态的进一步明朗，越来越多的香港市民已经认识到，不会让自己的孩子以及更广大的青少年被利用，当乱港派的"炮灰"。

于是，我在思考：我们的下一代怎样才能不被轻易利用？我记得，中央党校教授沈宝祥老师曾对我说过，"年轻人一定要保持清醒的头脑"。那么，如何才能保持清醒的头脑呢？我们知道，不长庄稼的土地一定长野草，不想让土地长野草，一定要种上庄稼。

在人的一生中，青少年是价值观形成的关键时期。党的十八大以来，党中央高度重视青少年和共青团工作，亲切关怀青少年的健康成长。作为一名志愿者，我认真学习了习近平总书记多次对志愿者、志愿服务的指示精神，决心以实际行动，努力书写新时代的雷锋故事。今天，我们致力于通过"志愿文学"在全社会更广泛地倡导志愿服务和志愿精神，正是对新时代雷锋故事的书写、传播和弘扬。我真诚地希望，"志愿文学"创作者能主动发声、主动作为，让所有青少年"把正确的道德认知、自觉的道德养成、积极的道德实践结合起来，自觉践行社会主义核心价值观，带头倡导良好社会风气"，"带头学雷锋，积极参加志愿服务，主动承担社会责任，热诚关爱他人，多做扶贫济困、扶弱助残的实事好事，以实际行动促进社会进步"。

事实一再证明：中国人民在任何困难甚至灾难面前都是打不垮的。这是因为，中国人民是具有伟大创造精神、伟大奋斗精神、伟大团结精神和伟大梦想精神的人民。那么，这四个伟大精神，是靠什么来缔造的？当然靠的是中国共产党，靠的是中国人民，未来尤其要靠两亿多日渐成长起来的中国青少年。

"少年强则中国强"，梁启超先生作于一百多年前的《少年中国说》，今天读来仍然振聋发聩。

　　让新时代的中国青少年真正"前途似海，来日方长"，要靠社会主义核心价值观的培育，其中志愿服务事业和"志愿文学"可以充分发挥引领、带头作用。让每个青春的土地上都盛开一朵"志愿文学"之花，那么，中国青少年才更有可能"奚奚皇皇""有作其芒"。

为"艺"不为"术"

当前，在全党开展的"不忘初心、牢记使命"主题教育，就是用党的创新理论武装头脑，推动全党更加自觉地为实现新时代党的历史使命不懈奋斗。作为一名共产党员，要始终牢记中国共产党人的初心和使命，那就是为中国人民谋幸福，为中华民族谋复兴。这个初心和使命是激励中国共产党人不断前进的根本动力。

不论走了多远的路，都应该记得来时的路。

不论登上多么高的山峰，都应该记得为何出发。

这就是初心和使命。

2019年是我从事志愿服务的第二十个年头。这些年，从事志愿服务、研究志愿服务价值、创作"志愿文学"作品、宣讲志愿精神，我这样一路走来，脑海里时常会出现各种"为什么"。

我在各种场合的演讲中，经常提及这样一个观点："志愿精神相当于道德，职业精神相当于法律。"一个人如果有了志愿精神，职业精神自然不在话下。我呼吁，全社会特别是各级党政机关、企事业单位、群团组织，都要重视志愿文化的建设，把它作为精神文明文化建设的重要内容和抓手。大家不一定都要去西部边远山区去支教、支农，哪怕就在街道社区从事一项志愿服务也很好，只要树立奉献、友爱、互助、进步的志愿精神和理念，就是行善立德。倡导志愿精神的目的，是为了实现全社会的文明进步。而为了实现这个目标，这个人不管叫不叫志愿者，都应该为此做出自己的贡献，在工作和生活中处处发扬志愿精神和志愿服务理念。

《共产党宣言》里有一个著名论断："代替那存在着阶级和阶级对立的资产阶级旧社会的，将是这样一个联合体，在那里，每个人的自由发展是一切人自由发展的条件。即消灭存在着阶级和阶级对立的资产阶级旧社会，建立共产主义社会即自由人的联合体。"那时，消灭了阶级和阶级对立，人人都是"雷锋"，人人都是志愿者。试问：还用倡导学雷锋，做志愿者吗？还用把一部分人贴上"雷锋"和"志愿者"的标识吗？当然不用。因此，今天我们所做的，都是为了实现那个自由人的联合体而奋斗。可是，我们做得好吗？

记得六年前一个公益人发起了"光盘行动"，倡导厉行节约，反对铺张浪费，宗旨是：餐厅不多点，食堂不多打，厨房不多做。"光盘行动"试图提醒与告诫人们，饥饿距离我们并不遥远，珍惜粮食、节约粮食是我们应该遵守的规范。然而细心观察后，我们会发现，铺张浪费的现象仍然比比皆是。在单位餐厅吃自助餐时，有的同事每顿饭都有剩余，还有的刚吃了一半就倒掉了。到饭店吃饭，常会看到一桌饭菜吃到散席还剩下半桌。我们不能在号召大家去志愿服务的同时，又对绝不在少数人的奢侈浪费保持沉默；或者说，一边号召做好事，一边纵容做坏事。否则，社会就会失衡，失衡就会失范，就会出问题。

我们也都有在地铁或者商场乘坐扶梯的经历，常有人不自觉地站在扶梯的左手边。我们都知道，上扶梯时应该站在扶梯右手边，左手边留给应急，但很多人就是不乐意这样做。仔细想想，万一遇到突发状况，有人要在扶梯上奔跑，那么站在左手边的乘客就会非常危险。因此，与人方便就是与己方便。

我们还都有开会的经历，会场明明就有热水或者温水设备，可还会摆上矿泉水。大家去开会，随身不忘带上杯子，既节省了矿泉水，还省了一次性纸杯，对身体也有好处。有一次，我采访一位环保志愿者。他说，如果可以爬楼梯，就不要坐电梯。人们在等电梯的时候，习惯按下所有的电梯按钮，但是你只乘坐一部电梯就可以了，而其他被按下来的电梯一旦开始运行，就在白白损耗。

在工作和生活中，这样的小事随处可见。如果我们稍微注意一下，十四亿人中的每一个都有这样的意识，就可以为社会节省巨大的资源。如果这样的要求还是有点高，那么，每个人做好本职工作是应该的吧？

几天前，我去一家单位办事。在楼下，保安师傅告诉我要登记。我说好，问在哪里登记。他绷着脸，看着别处，伸出手朝一个方向狠狠地戳过去，说："那儿！"我看了看，没有见到传达室啊。于是，我一脸狐疑地看着他，说："没看到啊？"他不耐烦了，用很大的声音连着嚷了两句："那儿！那儿！"我当时有点懵。这是什么情况？这么大的火气！我顿了顿，生气地说："你不应该这么大的嗓门，这样的工作态度实在不太好。"这时，他怒目圆睁，看着我说："你是谁啊，你国家主席啊，我要对你态度好！"我听了这话，震惊了。

在中华民族五千多年悠久灿烂的历史中，经过一千六百多年的奴隶社会、两千三百多年的封建社会，更是经历了新中国成立七十年、改革开放四十多年的洗礼，然而我们传承下来多少优秀的传统文化？目前，我们国家的确在经济上发展很快，但是在文化建设和公民道德建设上却不令人满意。单就个人来说，可以没有渊博的知识、很高的学历，但是一些人情世故、职业态度还是应该具备的。"在新时代，公民道德建设不能只停留在公共场合讲文明、上车排队、主动为老幼病残孕让座这样的要求上，而是在社会责任、生态文明、国家安全等公益精神上要有新的境界。"

2019年7月23日，习近平总书记致中国志愿服务联合会第二届会员代表大会的贺信中，再次对志愿服务做出重要指示。习近平总书记强调，"志愿服务是社会文明进步的重要标志"，"希望广大志愿者、志愿服务组织、志愿服务工作者立足新时代、展现新作为，弘扬奉献、友爱、互助、进步的志愿精神，继续以实际行动书写新时代的雷锋故事"，"中国志愿服务联合会要认真履行引领、联合、服务、促进的职责，为广大志愿者、志愿服务组织服务他人、奉献社会创造条件……凝聚广大人民群众共同为实现'两个一百年'奋斗目标、实现中华民族伟大复兴的中国梦贡献力量"。

习近平总书记的重要指示，指明了新时代志愿服务的使命与任务，为做好新时代志愿服务工作提供了基本遵循；肯定了新时代志愿服务的重要地位与重大作用，为做好新时代志愿服务工作提供了强大动力。但是，广大人民群众如何在工作和生活中践行志愿精神呢？除了去西部边远山区、在城市街道社区当志愿者，还有没有其他的途径呢？

我们从上面的例子来看，在工作和生活中，志愿服务处处都需，人人可为。

2015 年，因为主持节目我认识了中央电视台《新闻联播》的主播郭志坚老师，后来我们又因为郭天悦的童话精选集而熟络起来。一次，我们一起到出版社谈图书出版，他和夫人曾芳一道。我们先在一间会议室等着，等领导有空了，我们就移步到总裁办公室。离开会议室时，曾芳老师随手带走她的杯子，又把会议室的灯关上，带上门。一系列的动作，让我非常受触动。

今天，我们大力倡导志愿服务，目的就是希望人人都是志愿者，人人都做志愿服务；希望志愿服务能从政府推动转为个人自觉自发。那么，作为为志愿服务摇旗呐喊、鼓与呼的新兴文学样式的"志愿文学"，当然也就不能只停留在对志愿者事迹、故事的简单叙述上，而应该立足于志愿精神的本质、内核的挖掘上，为"艺"不为"术"，更好地激发"潜伏"在各行各业人们灵魂深处的"灵珠"。这颗"灵珠",我们可以把它表述为爱与善,但究其实,应该是志愿精神和理念——奉献、友爱、互助、进步和行善立德。

我的微信公众号叫"小的爱",意思是每个人都有一份小小的爱。如果每个人都能拿出一份小小的爱,那十四亿人的"小的爱",就会汇聚成爱的汪洋大海。那样,中国共产党人的共同理想和远大理想,更加可期可待。今天的我们,也会更加快乐和幸福!

学校才是教育的主战场：
以志愿服务小组代替班委会[1]

引 子

一次，与善达网的马广志先生说明我的"以志愿服务小组代替班委会"这一观点的时候，我才知道，建议取消班委会和班干部制度在网上早有讨论。2010年11月，著名作家郑渊洁发起了"关于取消小学班干部制度"的调查问卷，选项分为"赞成"和"反对"两项，在1588张投票当中，89%网友选择"赞成"，只有11%的网友选择"反对"。从网

---

[1]《学校才是教育的主战场：以志愿服务小组代替班委会》创作于2016年3月，先是发表在"人民出版社读书会"公众号上，后来《中华儿女》杂志（2016年第14期）和《中国青年报》（2016年3月21日）刊登了部分内容。

友的评论中可以看出：大部分网友赞成"取消"，不少网友还以自己上学时受到的心灵创伤作为例证，认为班干部要么取消，要么改称"班仆"；也有部分网友认为，班级里学生数量众多，教师精力有限，不设班干部职位难以维持秩序，这样的建议缺乏可操作性。如果说之前我会对此表示赞同，但很有可能我说不出为什么赞同，以及赞同以后又该怎么办。但是，在我的女儿已经经受了两年的小学教育，而我也成为一个名副其实的小学生家长后，再来看这个问题，就会有很多反省和思考。毕竟我自己从小学、中学、大学到研究生近二十年一直担任班干部，尝过了其间的各种滋味。

我感谢中国的教育制度，尤其在读了《我是马拉拉》这本书以后。当我把获得诺贝尔和平奖的马拉拉的故事讲给女儿听的时候，她问："马拉拉还活着呢？"我说："活着。"她问："那她应该很老了吧？"我说："马拉拉才十六岁，只比你大九岁呀。"女儿很惊讶，因为她觉得女孩不能上学读书应该是很久以前的事情。由此，我对女儿说："你们可以自由漫步在大自然中，可以快乐奔跑在校园中，可以恣意畅游在梦想中。生在中国，作为中国人，你们这一代是多么幸福啊！"

我家姐妹六人，先后出生在 20 世纪七八十年代的东北农村。2012 年，我出版了一本半自传体文学作品《当我从天安门前走过》。著名作家王宏甲先生为拙作写的序言是《读书吧！读书吧！——写给乡村的父母和少年》，因为我们姐妹六人完全靠读书改变了命运。姐妹六个中，现在有五个是硕士，还有一个是博士后。而且，我们全都在北京工作。所以，身为从中国乡村底层走出来的姐妹六人，我们发自内心地感谢党、感谢国家、感谢中国教育、感谢高考制度。

基于过往的种种经历和感受，我写下了这篇文章。借用艾青先生的一句诗——"为什么我的眼里常含泪水，因为我对这土地爱得深沉"，表达此刻我写下这篇文章的心境，那真是最妥帖不过了。

什么是班干部制度

我国的班干部制度师从苏联。苏联教育家马卡连柯推崇的集体教育理念，在中国班干部制度的形成中起到了重要作用。马卡连柯认为，"班集体并不是单单聚集起来的一群人"，而是"由于目标的一致、行动的一致而结合起来的有一定组织纪律的统一体"。这个统一体运转的主要核心就是班干部组成的班委会。马卡连柯在捷尔任斯基公社的学校里设有班长制度。"这些班长受校长的指挥，是班主任的助手"，主要负责"照管上课和休息时班上的纪律，照管班上的公共秩序和清洁，保护班上的财物。每班的值日服从班长的领导，班长对他们的工作负责"。按照教师的要求，班长可以让破坏纪律的学生离开教室。

马卡连柯的教育思想是具有一定积极意义的，对班委会的定位就是班主任的助手，目的是为了养成学生的领导和服从的能力。

从新中国成立初期到20世纪70年代末，是我们国家班委会发展的第一个阶段。受传统官本位文化、"教师中心观"和马卡连柯班集体建设思想的影响，"管理工具型"的班委会盛行，班干部多挑选听话、成绩好的学生，一旦任免不再轮换。20世纪80年代后，班干部制度才开始提倡民主选举和自主管理，但传统的班干部制度仍是主流。一般来讲，我国的班干部选拔任用制度实行"双套班子制"，既有群团组织的干部，也有班委会等行政干部，管理模式较多地采用以班主任老师为中心的管理方式。以中小学为例，有少先队、共青团等；班内有支部和班委会，学校有委员会和学生会等。

由于现实原因，我国的学校基本采取大班制，单靠班主任和任课老师无法实现班级管理。通过班委会，班主任实现了对班级的间接领导和管理。班干部的主要任务，是协助班主任做好班级学生的思想、学习、文娱活动以及生活等方面的工作，包括做好班主任布置的工作和管理好同学，向班主任汇报情况，特别是当班主任不在场时班级中发生的情况。也就是说，班干部是班主任管理班级的手段，实行权力主义、行政命令的学生干部模式，听话、可控制、"易驯服"是其基本特征，而这些班干部常常因打小报告而遭到同学孤立，人缘也不好。因此，我们可以看出，目前班干部在班级中充当着老师的助手的角色。

从上小学开始，我就是一名班干部，当过学习委员、班长、团支部书记、学生会主席。这些头衔带给我什么了呢？除了努力学习的动力、强烈的责任心、较强的组织能力和协调能力，当然还有无时无刻不被满足的虚荣心，由于充当老师的助手而遭到同学的嫉妒和孤立。在小学和中学时，被嫉妒、被孤立没有多少明显，因为那时候年龄小，同学们怕你是因为怕老师。到了大学以后，同学们便不会受这些因素的影响，他们会选择自己的立场。大学期间，由于当了班级的团支部书记和校学生会主席，生活完全变了，那段日子是我人生中最泥泞的时候。一个宿舍八个同学，七个都不理我。夜深人静的时候，我一个人在被子里流泪。那时候总是想，同学们这样对我是因为嫉妒我。现在回想，却不尽然，很有可能是因为有的时候你把干部的权力作为你高高在上、颐指气使的资本，成为你脱离同学的冠冕堂皇的理由和借口。

后来，我步入社会，因为具有学生干部光鲜的履历，而成为单位的团委书记、中层干部。这时候，权力真的来了，虽然你的权力很有限。比如，作为单位团委书记，如何对待青年，如何使用手中的权力？这些认知都来源于我多年来从事志愿服务的经历，也颠覆了我从小学到研究生近二十年班干部经历所形成的思维。如何使用好权力呢？只有一点，核心就是：不管当什么干部，就是两个字——服务。

实践证明，运行了几十年的班干部制度，越来越暴露出它的缺陷和问题。解决它，已经刻不容缓。

现实中，班干部制度让学生的权力意识第一次觉醒。相较普通学生而言，由于拥有一定的任务分配权、决策权、人员调动权、惩罚权、优先获得荣誉权等，班干部有时就是老师的代理人，在班级中的地位相对较高，自我权威意识也较强。虽然学生们都认可或者习惯了这种隐形权力的存在，但是调查显示，学生总体认为班干部最主要的工作是协助教师处理日常工作，管理班级纪律和卫生事务，帮助同学解决学习和生活的困难。

由于班干部的权力很大，大多数学生都趋之若鹜。一项媒体调查显示，在 180 名接受调查的一年级小学生中，想当班干部的学生占到 89.5%，其中，想当班长的学生高达 70%。调查中，明确表示自己不想当班干部的还不足 1%。即使当不上班干部，也不能忘了巴结班干部。一位河北石家庄的小学生在接受采访时说，送给班长和副班长的礼物是不一样的，而科代表收到的礼物和班长、副班长的又各不相同。班长的权力最大，收到的礼物数量和质量都是最好的。而其他班干部们收到的礼物，就要看他是分管哪个方面的工作了。管纪律的班干部一般都比较吃香，相比之下，管卫生的班干部就不及管纪律的班干部收到的礼物多。由于缺乏足够的约束和监督机制，孩子们年纪小，"自我权威"容易失控，进而酿成悲剧。因为不听班长话，遭班长惩戒，暴力"执法"产生；由于某某同学很淘气、爱打人，班长受到其威胁，便不敢给他"记坏"，"渎职"由此产生。弊端就不一一列举了。总之，目前班干部的"官味"越来越浓，全国各种学校的班委会已经成为滋生、滋长权力的温床，堪称权力腐败的最初级形态。

为了女儿的赤子之心

我的女儿叫"小小小"，2015 年她八岁，上小学三年级。

她每天都那么开朗活泼，大大的眼睛常弯成小小的月牙儿，一排洁白的牙齿，像士兵站岗放哨一样挺拔整齐。但是，她也有不开心的时候，多数是因为没帮老师干成活儿。比如："今天中午，老师没有让我给同学们发馒头，没有给同学们打汤。"后来，连她想做班干部的理由，也是因为："老师会找班干部干活儿，当了班干部就可以为同学们服务了。""今天，我特别开心，老师让我收作业本了。"

每每听到这些，我总会有一些感慨：我该如何呵护她这颗金子般的心呢？学校自然有学校的规矩，我做不了什么，我能做的就是为她那颗小小的心里所蕴藏的巨大的能量找到一个出口，让它们去喷薄、去燃烧。

所以，从小学一年级开始，在老师的支持下，我开始组织她和她的同学们到中国盲文图书馆、北京红丹丹教育文化交流中心，让她们体验盲人是如何听电影的，了解视障人士生活的艰辛；还组织她们到首都图书馆做小小图书管理员，参加图书交换、学习手语的活动，在书香中感受公益文化的力量。那时，她还用自己的压岁钱给北京市海淀区天云聋儿康复中心的孩子们购买了六一儿童节的演出服装。

我带她做这些事情，不为别的，只是为了呵护她的那颗"心"。

小小小的一个同学叫春天，一次学校开运动会，她没有被选上当运动员，回家后有点不高兴。春天妈妈说，当不了运动员，还可以以其他方式参与运动会啊。运动会有一个项目是投沙包，经过商量，母女俩决定给同学们缝沙包，让同学们好好练习，取得好成绩，为班级争光。于是，心灵手巧的母女俩说干就干，一会儿就缝好了几个漂亮的沙包。第二天，春天就带着沙包高高兴兴地上学了。小小小放学回来，举着漂亮的沙包，给我讲这个故事的时候，她的眼睛里满是骄傲。因为春天是她的同学，是她的好朋友啊。

　　小小小总骄傲着别人的骄傲。

　　朵儿也是她的好朋友。"妈妈，我发现朵儿优点挺多的。她特别大方，就是有点内向，我就鼓励她。"我问："你是怎么鼓励她的？""我说：'你写的字真好看，比我的好看。'"

　　她总是时时列举出她的同学、她的好朋友的优点，越越、轩、宸、之画、昭義、奇、鸿、芷含、牛牛、蕾……她还总是念叨，老师是如何如何的累。她的心里，全是阳光。

　　作为她的妈妈，我能做的就是呵护这份阳光。

　　有一个大姐姐叫袁日涉。我总给小小小讲她的故事：

　　日涉 1993 年出生，六岁开始回收废电池；七岁成立"一张纸小队"，传播节约用纸的理念；八岁在家开展节水活动，在学校创办红领巾环保网站；十五岁成为 2008 年北京奥运会火炬手……头顶上的光环数不胜数，实在是羡煞旁人。

2015 年日涉大学毕业，她没有出国，没有读研，而是回到了自己的母校——北京市灯市口小学，做了一名普通教师，因为她的愿望就是带着孩子们从小做志愿服务。

我希望小小小也像日涉一样，成为一个表面波澜不惊、内心却汹涌澎湃的人，看似平凡却有着不平凡品格的人，而支撑这些的是她内心满满的爱。

日涉内心的这份爱与生俱来，并且因为"习"而"远"。那是什么呵护了这份爱呢？我觉得，是志愿服务。

为了号召更多人呵护这份爱，我做了一件挺大的事。

2014 年下学期，我开始酝酿在北京市的一些小学做一次关于班干部和志愿服务小组的调研工作。调研主要针对三类人群：学生、家长和老师。在教育部、北京市教育局、北京市西城区领导的支持下，我分别在北京市海淀区、东城区、西城区、丰台区选择了六所小学做了调查。

在"以志愿服务小组代替班委会"的调查问卷中，已收回的 1070 份家长的有效问卷中，964 名家长愿意让孩子当班干部，比例为 90.09%；在"是否因为孩子当班干部存在困扰"这个问题上，30% 以上的家长存在困扰，原因集中为影响学习，影响和其他同学的关系。在"是否带孩子做过志愿服务"这个问题上，422 名家长承认带孩子做过志愿服务，比例只有 39.4%。带孩子做过志愿服务的家长们的体会是身心快乐，提高了孩子的人际交往、服务他人的能力等。在"以志愿服务小组代替班委会"这个问题上，661 位家长认为可行，比例为 61.78%。原因是：志愿服务是社会的主流，让 00 后的孩子们体验为他人服务的快乐，对孩子们的人格、品行教育都有帮助；能让每个孩子发现自身的闪光点；志愿服务小组比班委会更能体现公平的意义，是一个大家都可以参与的平台，每个学生都有参与的可能；班委会性质居高临下，容易产生对立，而志愿服务小组等同公仆，易于接受；培养孩子不为名利、友爱他人的品格，树立志愿服务意识，去除官本位思想；可以充分调动孩子的积极性，激发孩子的自觉性和能动性，让他们知道，只要努力就有可能使看似遥不可及的一些事情变成现实；现在孩子都是独生子女，比较自我，作为家长，希望孩子更有爱心，乐于助人；志愿服务小组更突出了孩子应该承担的服务意识，没有了班委会的管理思想，体现了公正平等的时代精神，学校教育需要不断创新，这将是一个很大的进步；可以给更多的孩子尝试的机会，降低班干部给孩子们带来的虚荣，让孩子踏实做事；等等。

学校一直无法成为一片净土，因为它植根于纷繁复杂的社会之中。从中国历史和整个社会大背景来看，也有不少人热衷于对权力的追逐。如果学生能在学校里就当上"官"，家长倍感欣慰。很多时候，不是学生在追逐班干部职位，家长才是第一推手。2011年，《工人日报》报道，谈起自己孩子从小学到初中一直担任班干部时，郑州市民何先生说，现在竞争太激烈了，平时不仅要经常给孩子零花钱用来请同学吃饭、送小礼物，必要时还要跟老师"走动"一下，请老师"照顾照顾"。

2011年5月的"五道杠少年"事件，由一枚湖北省武汉市少先队总队长队标引发了全国范围的大讨论。其实，大家关心、反思的是："五道杠少年"背后，家长和社会对极端的官本位思想的推崇，会使一个孩子健康成长吗？

我们再来看看，学生是怎么想的：已收回的1071份学生的有效问卷中，834名学生想当班干部，有904名学生想当志愿者；在"如果你现在是班长，愿意不当班长当志愿者吗？"这个问题上，727名学生愿意，比例为67.88%。

作为老师，他们对班干部制度和志愿服务又是怎么看的呢？已收回的380份教师的有效问卷中，263位老师认为，可以用志愿服务小组代替班委会，比例为69.21%。原因是：

培养孩子的集体观念、责任心、服务意识和主人翁意识，在为别人服务的过程中找到快乐；可以让更多学生参与班级管理，感受人人平等，培养学生的奉献精神，促进学生健康发展；去权威，提高学生的工作热情；培养学生的自主意识和能力，有利于班集体及个人的发展；能发现孩子的潜力，各尽所能；面向的学生人数更多，可以发展每个学生的个性和特长；减少学生对权力的追求，使他们学会自我管理；消除优秀生的优越感；等等。对于班干部制度的劣势，老师们认为：部分学生不能参与其中，好的越来越好，差的越来越差，不利于公平竞争；学生追求名利，班干部有优越感，认为自己有权力；容易造成等级观念，班干部成了特殊群体，好事都可着班干部，使一些学生和家长不惜一切代价去争当班干部；孩子小，能力有限，对一些问题处理不当，不利于同学之间的团结，容易结成小帮派；容易把社会上的不良风气带到班集体中，如班级的官场化现象、学生之间的攀比现象；助长学生或家长的虚荣心，个别班干部容易养成霸道的行为举止；班干部有滥用职权、不能以身作则的现象；个别同学权力欲望过大；由于班委评选的条件限定，限制了一些学生的参与热情；学生的等级、职务有划分，容易推卸责任；孩子之间不平等，部分学生会自卑；个别班干部权力过大，对同学不够尊重；个别能力稍差的班干部无法起到模范带头作用；会使班干部人浮于事；班干部容易出现骄傲自满的心理，独断专行，滥用权力；孩子缺少自理能力，更不愿服务他人；孩子之间的关系不和谐，班干部容易被孤立，产生对立情绪；班干部精力分散，对个人学习造成影响；等等。看来，广大教师同样认识到了班干部制度的弊端，看到了志愿服务对于学生成长的重要意义和价值。

此次调查，时间较长、涉及面较大、数据较多，但有两个特点值得关注：一是无论家长、学生还是教师，对"以志愿服务小组代替班委会"的观点，认同比例均在60%以上；二是北京雷锋小学在"想当志愿者，以及可以放弃当班长而当志愿者"这个问题上，认同比例是最高的。

我们来看看，其他国家是怎么做的。据了解，学生管理学生的班干部制度，在美国、澳大利亚、加拿大、新加坡等国家都是不存在的。在日本，班级里没有班长和其他班干部，任何孩子都无权要求别的孩子做什么。一些必要的协助班级运转的委员会是存在的，但不是权力机构，而以服务性为主。在美国，学校班级里有"班代表"，但与我国的班干部有本质区别。班代表是由全班同学民主选举出来的一个同学，要代表全班同学把对学校、教师、教学、生活等各个方面的意见反映给学校领导，类似于班级发言人的角色，而并无协助教师管理同学的行政权力，因而在地位上他和其他同学是平等的。

培育一颗志愿之心

近年来，我一直把宣讲志愿精神作为生命中最重要的事业，可是我逐渐发现，向大学生宣讲志愿精神已经晚了，给高中生讲恐怕也晚了。

我国的志愿服务事业最初由团组织发起，目前团组织仍然是重要的推动力量。中国青年志愿者事业已经走过了二十二年，全国经过规范注册的青年志愿者人数超过四千万。从"学雷锋"活动到汶川抗震救灾，从北京奥运会到广州亚运会，从广袤的西部到遥远的非洲，从社区到农村，志愿精神始终高高飘扬。特别是 2008 年以来，对于那些用稚嫩的肩膀和果敢的行动表达自己的青年志愿者来说，他们用平凡的奉献承载了 80 后、90 后青年的光荣与梦想。正是他们，几乎改变了整个社会对青年一代的看法。奉献、友爱、互助、进步的志愿者精神，已经成为当代青年喜爱和接受的精神时尚。青年志愿者行动已经成为动员青年参与经济社会建设的重要载体，成为当代青年运动的一个光辉典范。青年一代通过志愿服务对于整个经济社会发展所引起的变革，已经扩展到社会多个领域和各个年龄的人群。青年一代开创的这一事业还将更加波澜壮阔。比如，通过全国大学生志愿服务西部计划，十六万多"西部计划"志愿者中有一万六千多人自愿留在了西部。

　　这些数字让人激动和振奋，特别于我而言。2005 年，我用了近一年的时间走遍了大半个西部，采访"西部计划"志愿者，了解他们做志愿者的动因、内心的诉求和面临的问题。比如，为什么大学生毕业后要去西部做志愿者？有的因为理想、激情、责任和担当，也有的因为找不到工作，不想回到农村，可以保研，考公务员可以加分，等等。理想总是要根植于大地，激情也不能永远飘浮在空中。他们留在西部，因为责任，或许还有无奈。所以，志愿精神要真正走进每一个志愿者的内心，还有一段不近也不平的路。因为他们已经成人了，已经形成了自己的人生观、价值观和世界观，他们的选择是由多方因素作用而成的。当然，什么原因不重要，重要的是去做了，做了以后找到乐趣和意义就坚持下去了。这是好事。但是，我想说，做的出发点很重要。因为是不是由心而发，是不是从灵魂上认同，决定了志愿服务行为的性质和气象。

那么，怎样培育一颗志愿之心、一个志愿的灵魂呢？当然要从娃娃抓起，从基础教育阶段抓起。小学阶段是孩子们人生观、价值观和世界观正在形成的时期，这个时期的教育最重要。那么，这个时期的教育最重要的是什么呢？是爱——爱的教育——爱人爱己，包括学习知识、学习文化、学习做人、学习沟通，而这一切都是为了了解自己、珍爱自己、认识世界、热爱世界。

有一天，我看了王宏甲先生创作的《吴孟超传》。科学家吴孟超讲了一个少年时代的小故事。那时他是班长，一天有一位同学迟到了，他批评了同学。同学不服气，他就与同学发生了争执，并有了小小的肢体冲突。在这个过程中，同学的砚台摔坏了，可是吴孟超依然理直气壮，因为他觉得自己没有错。回到家，已经知道此事的父亲告诉他，同学迟到是因为他生病了，带病上学是应该得到表扬的。吴孟超十分后悔。他想：作为班长应该首先关心同学，而不是先用班长的权力惩罚同学。这件事影响了他的一生。从那以后，他为人、为医、为官，都把关心患者、关心同事、关心下属放在第一位。

这个故事，让我想到了"服务"两个字。班干部应该从管人到服务人转变，这样的班干部日后成长为党的各级领导干部以后，才能真正做到全心全意为人民服务。如何转变？说一说，讲一讲，教育教育，很难改变。因为一提到干部，那就意味着权力，家长也这样认为。所以，应该取消这个提法和这个制度。但是取消以后，怎么办？按照马卡连柯说的"班集体并不是单单聚集起来的一群人"，而是"由于目标的一致、行动的一致而结合起来的有一定组织纪律的统一体"。这个统一体靠什么来凝聚？那就要靠志愿服务。

当前，全党在培育和践行社会主义核心价值观，而培育和践行社会主义核心价值观应从娃娃抓起。习近平总书记在北京市海淀区民族小学讲话中指出："一个民族的文明进步，一个国家的发展壮大，需要一代又一代人接力努力，需要很多力量来推动，核心价值观是其中最持久最深沉的力量。中华民族有着五千多年的悠久历史和灿烂文化，而且中华文明从远古一直延续发展到今天。为什么中华民族能够在几千年的历史长河中顽强生存和不断发展呢？很重要的一个原因，是我们民族有一脉相承的精神追求、精神特质、精神脉络。"习总书记说，任何一个思想观念，要在全社会树立起来并长期发挥作用，就要从少年儿童抓起。志愿精神的培育作为道德教育和教育中最核心的部分，作为培育和践行社会主义核心价值观最重要的抓手，自然应该从娃娃抓起。

在孩子们的城堡里，我们可以植入这样的精神价值：用志愿精神搭建他们的王国，为"心"为"爱"的种子、小芽，挡住风，遮住雨，待它们长成参天大树，自有鸟语花香、潺潺流水，一派祥瑞，乃为真正的理想国。他们搭建的城堡的样子，就是他们未来世界的样子。如何搭建？依靠实践。如何实践？除了和父母共同参与志愿服务活动以外，还要在他们的学习和生活中，用志愿精神构建他们的交往模式和人际生态。"以志愿服务小组代替班委会"，可以从源头上培育孩子们的服务意识和奉献精神。因为种下什么样的种子，就会开出什么样的花朵，结出什么样的果实。

有人说，孩子就是一张白纸，想画什么就画什么；还有人说，孩子都是天使，长着长着就变成人了。这个陪伴着孩子一路长起来的东西，就是教育。

曾任北京市第四中学校校长的刘长铭先生说："学校经常会埋怨社会、埋怨环境。不要埋怨！制造这些奇葩现象的人，五年前、十年前或更久前，都曾是我们的学生。我们要想想，学校教育给了他们什么？"

教育的使命是什么？我以为，教育是帮助人站立起来，找到人之为人的尊严。而在现有的教育体系中，最重要的就是基础教育。之所以称它为基础，是因为这是打地基的阶段。

打多深的地基，决定着盖多高的楼；打多好的地基，决定着盖多好的楼。基础教育的使命，就是让天使永远成为天使，让人与生俱来的爱和善永驻心间。爱包含很多内容：爱自己，爱同学，爱老师，爱家长，爱他人；爱生命，爱自然，爱家乡，爱祖国。如果让一个本来充满着这些爱的孩子去当了班长，管同学、记好坏、打小报告，他身上的爱，是不是随着管理的深入而越来越少了呢？

以两所小学为例，从对"想当班干部""想当志愿者""如果不当班干部只当志愿者"这三个问题的调查结果来看，一年级到六年级基本上存在一个一致的曲线变化。

学校才是教育的主战场

我一直觉得，衡量一个人成功的标准，应该看他是否把孩子培养好了、教育好了。因为培养教育孩子，不单是个人的事、家庭的事，更是社会的事。培养教育孩子，不仅是家长应该履行的家庭责任，更是一份社会责任。一个人哪怕再有成就，如果没有培养教育好自己的孩子，那他的人生也是失败的。

有人说，家庭是教育的主战场，但在我看来，孩子接受教育的时间大部分是在学校，而且老师对孩子的影响和教育，要远远超过家长。在已经固化的班干部制度中，孩子们离不开、走不掉、跑不了。随着孩子年龄的增长，他们必须去适应班干部制度文化，家庭教育起到的作用会越来越小，以至于当有的孩子发生了逃学、厌学、打架甚至自杀和极端犯罪事件的时候，他们的家长还蒙在鼓里。

一个出生在父母都是大学教授的高级知识分子家庭的孩子，一直处在厌学中，后来也上了大学，工作了，成家了，当爸爸了，才敞开心扉对自己的爸爸说："你们知道小时候我为什么厌学吗？因为我好好学习却被有的同学嘲笑，我也想当班干部却当不上……当我不想上学时，你们就给我讲一堆大道理，'学生怎么能不学习呢？小孩子不上学就没有出息的'，等等。你们什么时候问过我，到底是什么原因？发生了什么？所以那时候我是多么无助，因为我发现连自己的父母都帮不了我。"因此，当孩子们遇到困难的时候，家长不要很轻松地说一句"没事"。一个那么小的生命在已经固化的、不健康的班级"官场化"中，是没有任何话语权的。他们只能顺从着、模仿着，沿着既定的河道奔流着。然而，任何一点我们以为微不足道的小事，如果没有很好地引导和解决，都可能成为孩子成长过程中的羁绊，从而形成伴随一生的伤害。孩子们幼小的纯洁的心灵需要爱的时时给予，需要满满的善的建设。我们给他们多少爱，他们才会有多少爱，他们也才有可能给别人多少爱。

因此，我认为取消班委会、取消班干部制度，建立志愿服务小组是建设我国教育的新常态。从小学开始，要改变孩子的学习环境，改变学校的人文环境，改变教育生态，树立新风尚。让志愿服务扎根在孩子们幼小的心灵里，扎根在一片纯洁的土壤中，这样长出的花、结出的果才是馨香的、蓬勃的。同时，孩子可以反过来教育家长，以学校教育促进家庭教育。我有一个很深的感受，那就是：女儿是我的老师，在同她一起成长的过程中，我收获更多。一个从小志愿为他人服务、具有奉献精神的孩子长大后，无论成为什么，都不会把权力当成谋取私利的工具，都不会对他人的悲苦视而不见，都不会对工作粗制滥造、玩忽职守。因为他具有的志愿精神——奉献、友爱、互助、进步，这会指导他成为一个有爱的、有责任的、有担当的人，那么热爱祖国、热爱人民、热爱中国共产党，自然不在话下。

我想，那时候伴着女儿美妙童声流淌出来的二十四字社会主义核心价值观，才能真正在孩子们纯净、美好的心灵和灵魂深处生根、发芽、结果。

回归教育的本质

我想，不仅牵着小小小的手，也希望牵起更多大人和孩子们的手，一起行动起来。2014 年 8 月，在人民出版社的支持下，我和宋文广先生联合发起成立了公大读书会。读书会的宗旨是读好书、做好事，每期都会推荐一个志愿服务组织或者公益机构。我还发起建立了"和孩子一起志愿服务"对接微信群，核心目标就是让大人带着孩子一起做志愿服务。

什么是志愿服务？

志愿服务就是爱。

什么是爱？

"爱"的繁体字里有一个"心"字，就是说，所谓"爱"，是要用心去活着，对己，对人，对世间万物。

那么，这个"心"是从哪里来的？

与生俱来的！

是的，是与生俱来的。每个人来到这个世界上都是带着"心"的，所谓"性相近"。那么，后来是什么使"习相远"了呢？孔子说，人（或生命）先天具有的纯真本性，互相之间是接近的；而后天习染积久养成的习性，互相之间是差异甚大的。

导致这种差异的，就是教育。

那么，怎样减少教育带来的负面作用呢？

还是要回归教育的本质。

教育的本质是什么？

教育的本质，就是用爱、用志愿服务，呵护那颗与生俱来的、滚烫纯真的赤子之心。除了呵护，别的都是多余的。

（感谢：北京市西城区黄城根小学、北京教育科学研究院丰台第二实验小学、北京雷锋小学、北京第二实验小学玉桃园分校、北京市海淀区二里沟中心小学、北京市东城区东总布胡同小学的领导、老师、家长和学生们的大力支持。感谢：教育部俞亚东同志，北京市西城区人民政府王少峰、孙磊同志，北京市教育局朱德福、徐志芳同志，中国青年网李延兵同志的支持。感谢：徐庆红、张皓俞、李灏、范若愚、邱司超在问卷整理过程中付出的辛勤劳动！）

重塑对爱的信心

肖钢〔丹麦〕

中海油研究总院新能源研究中心首席科学家

国际知名氢能利用科学家

2015 年度中国政府友谊奖获得者

　　我早已过了"知天命"的年纪，并一直为自己"心如止水"的功夫而自傲。然而，读庆群女士的这部作品，我的眼睛多次地湿润了。她描述的是灵魂的事。她写的不只是志愿者，她也在写自己，写中国，写人生，写人性。

　　庆群女士清雅、知性，有一颗罕有的善良的心，所以她能打动很多人，第一次见面就能。她做人的修为，写在她美丽的眼睛里，振动在她柔软和悦的话语中，荡漾在她充满爱的气场内。她低调内敛，了解她的最好方法是读她的作品，读她内心涌出的情感洪流。

我是一名科研工作者。我知道，到目前为止，科学研究的已有结果比古人的更加进步，人们懂得了自然与物理世界的很多知识，而且可以在一定程度上把握物质和运用物质。但是古今中外几千年的文化，由宗教到哲学，由哲学再到今天的科学，人类知识的范畴可以远上太空、细入无间，但大多数人仍然不能明白切身生命的奥秘，并未寻求到宇宙生命奥秘的结论。从这个角度看来，可以说，芸芸众生，熙熙攘攘，依然还在浑浑噩噩、无识无知地过着莫名其妙的人生。"我是谁？""我从哪里来？""我会到哪里去？"这些人类永恒的询问，并不被大多数人所关心。这部作品令我感动之处，在于庆群女士再次提出了这些问题，并通过众多无私奉献者的故事和她亲身的追寻，让人们有机会重塑对爱的信心。爱是服务，爱能疗愈恐惧，爱是宇宙的精华。我们来自爱，表达爱，成为爱，并最终回归到爱之中！

书中，有一个因志愿者的服务而被感动的灵魂说道："志愿者让我闻到了太阳的味道！"这真是个奇妙的比喻。什么是无条件的爱？想象一下太阳。它通过燃烧自身的燃料发光，不需要外界的一切。没有太阳给予的光芒，生命很难在地球上存活。然而，虽然太阳供养着地球上的生命，它却不要求任何回报，它不需要地球上的哪怕一点点东西来让自己发光。对太阳来说，无论地球上的人尊敬它还是躲避它，赞扬它还是诅咒它，都没有关系。不管人们说什么做什么，太阳只是一直闪耀着，奉献着，服务着。它给予光，持续地给予光，不要求任何回报，人们无论怎样做都无法熄灭太阳的光芒。书中谈到的志愿者，不正是这样一群人吗？庆群女士不但自己就是这样的人，她还通过自己的笔墨和情感，用"志愿文学"的方式，把这伟大的爱与光传播出去。这是何其功德无量的善举！看来，我要认真考虑加入庆群女士的行列了。

在人类共同命运的大矩阵中分享这一成功[1]

Share in that success within the greater matrix of a shared common destiny of mankind

龙安志〔美国〕

教科文卫、经济与法律专家
曾任联合国解决贫困和不平等专题组委员
2010 年联合国开发计划署 "保护生物多样性和文化可持续性发展杰出贡献奖" 获得者
2019 年度中国政府友谊奖获得者

回报社会而不是索取，是中国传统哲学的一个核心原则，在古代的道教、佛教和儒学传统中都有体现。作为世界上历史最悠久的国家之一，这些价值观在中国漫长的历史中从未被打破。因此，将社会利益置于个人利益之上的价值观，是建立一个人人平等的可持续社会的核心。

---

[1]译者为徐庆颖。

150

To give more to society than one takes, is a core principle of Chinese traditional philosophy that can be found in the ancient traditions of Taoism, Buddhism, and Confucianism. These values are unbroken throughout China's long history, as the nation with the longest unbroken history of any country in the world. Consequently, the value of giving to society and placing social interests above one's own individual interest, is core to establishing a society where sustainable harmony and social order benefit all equally.

对于世界各地的许多年轻人来说，迷恋移动设备和分散注意力的娱乐，似乎是他们个人生活的优先事项。想象一下，一个人在生命的春天里，无私地奉献，总是多于索取的奉献。这就是小小[1]的故事，她花了二十年的时间从事志愿服务工作，帮助了中国最贫困的农村家庭，不辞辛劳地为了她本国人民的利益而工作，而且更关注社会大问题而非自己的小事情。

For many youth across the world, infatuation with mobile devices, and distractive entertainment seems to

---

[1]小小是本书作者徐庆群的笔名。

prioritize their individual lives. Imagine a youth who actually gives up comforts and opportunities, to go into some of the most remote and impoverished regions of her nation to serve those who have less. Imagine the dedication required to give more than one takes, selflessly at the spring of one's life. This is the story of Xiaoxiao who spent twenty years undertaking volunteer social work helping the neediest rural families in China, working tirelessly for the interests of her own people, moreover placing those broader social concerns above her own.

　　小小在她的书中，分享了她在中国最偏远、最贫困地区从事志愿服务工作二十年的经历。这本书以在实地与小小个人共事的人们的视角，关注着基层的贫困、教育、健康、环境等问题，生动地展现了现实生活中的故事。小小在她个人没有获得任何物质利益的情况下进行工作，帮助他人改善生活条件。小小付出了自己的青春，而别人因此能够拥有一个更好的未来。

In her book , Xiaoxiao shares her experiences covering a decade of volunteer work in China's most remote and difficult regions. This book vividly presents real stories through the eyes of individuals who Xiaoxiao personally worked with in the field, addressing their grass roots concerns of poverty, education, health and environment. Working without any material benefit to her self to help others better their own living conditions, Xiaoxiao offered her own youth so that others can have a better future.

造福他人就是造福人类。作为一名志愿者，帮助他人，意味着上升到一个比自己更伟大的事业。无私地为他人服务，就是要践行一种传统，这种传统是中国哲学的一部分，是中华民族成功的核心，是集体无意识。把志愿服务推广到其他国家和人民，就是要在人类共同命运的大矩阵中分享这一成功。我要感谢小小写下这部作品，它不仅能给今天的年轻人以启迪，而且能给后人以启迪。

To serve as a volunteer and help others, means rising to a cause greater than one's self. To benefit others is to benefit mankind. To serve others selflessly is to carry out a tradition that is so deeply part of Chinese philosophy it is the collective unconscious that is core to the success of the Chinese nation. To spread volunteer work to other nations and peoples is to share in that success within the greater matrix of a shared common destiny of mankind. I wish to thank Xiaoxiao for sharing her experiences and writing this literary work "Qingqun Discusses the Literature of Volunteers " that can serve as an inspiration not only for youth today, but as an inspiration for generations to follow.

扶贫是一项长期可持续
又富有独特价值的工作

陈心颖〔新加坡〕

企业战略及科技创新领域专家
平安集团联席首席执行官
2019 年度中国政府友谊奖获得者

感谢庆群女士邀请，有幸为这样一本极富温情的书作推荐。在这本书里，我读到了真挚、思考、感悟和蜕变。这不是一本谈论方法论的书，而是一本浇筑了作者真情实感又含情脉脉的人文书籍，读来令人舒心和动容。

我们每一个人交织在复杂的社会网络中。放眼全球，随着全球经济的空前繁荣，不平等、不均衡的发展正为世界经济发展蒙上阴影。研究显示，在全球财富不断增长的同时，全球基尼系数[1]平均值由2010年的0.44上升到2019年的0.7左右，超过了公认危险线。在日益数字化和全球化的发展格局下，个人的发展越来越受周遭环境的影响，而拥有平等的就业机会和途径对个人发展愈发重要。

2019年以来，中国政府强调打赢脱贫攻坚战的重要性，在三农、环保、防范化解重大风险等问题上出台了一系列政策和措施，非政府组织的"补位"作用也日益凸显，一套组合拳下来，脱贫攻坚取得了令人兴奋的成果。根据国家统计局发布的报告，2018年末，全国农村贫困人口为1660万人，比上年末减少1386万人。2019年，中国近现代史上首次有望将贫困人口"存量"降至百万级。事实上，当我参与到扶贫一线时惊讶地发现，很多山村发展得已经比我父母的家乡马来西亚好太多了。而志愿者作为当下历史时刻的见证者和参与者，正在一同影响和改变下一阶段社会以及国家的面貌。志愿者就像两个世界的纽带，他们将都市的现实推远，又将远处的呼喊拉近，试图弥合两处的裂痕。作为一名志愿者，

---

[1]基尼系数：最早由意大利统计与社会学家科拉多·基尼(Corrado Gini)在1922年提出，是指国际上通用的用以衡量一个国家或地区居民收入差距的常用指标。基尼系数最大为1，最小等于0。基尼系数越接近0，表明收入分配越是趋向平等。当基尼系数达到0.5以上时，表示收入分配差距悬殊。

我相信，我们所能收获的不仅仅是他人的感恩，更重要的是坚定内心的勇气和态度。

我深深触动于庆群女士二十年的志愿者经历，从南方到北方，从城市到乡村，她"用脚更用心丈量着西部的每一寸土地"。我相信，这是每一个志愿者的写照。中国的志愿者人数在 2018 年已达 1.98 亿人，约占全球志愿者人数的三分之一，然而背后 140 多万个志愿者组织中，超过六成的生存周期不足五年。因此在强调个人付出的同时，也需要规范化和体系化的建设来助推慈善走得更远、更好。

我曾经在美国芝加哥成为一名普通的志愿者，看到一些女性因为缺乏工作技能而无法就业。我在物质上帮助她们的同时，更重要的是教授她们面试和工作的技能，只有她们真正独立起来，才能使整个家庭以及她们的孩子脱离贫困。这正是我一直在倡导的理念：扶贫不是解决一次性问题，而是为受扶对象创造一种自我提升的环境，帮助他们实现技能提升。这是一项长期可持续又富有独特价值的工作，我们所主张的是造血式扶贫，而不是输血式扶贫。

加入平安之后，我成为平安 180 万志愿者中的一员，深知所肩负的责任。我很认同作者所理解的分享精神。平安近几年落实的"三村智慧扶贫工程"，将科技融入村官、村医、村教的精准扶贫项目中，现已在内蒙古、广西、甘肃等13个省市或地区落地实施。截至2019年6月底，累计发放扶贫资金超过80亿元；在村医端升级500多家乡村卫生诊所，培训近5000名村医，为7万多人提供体检或义诊服务；在村教端升级600多所学校，培训近4000名教师，惠及数十万学生。运用企业、专业和科技的力量把人们连接起来，打破地域和时间的局限，让每个人都成为"公益共同体"中的重要一环。由个人到组织再到国家乃至全球，我希望，公益事业能将每个人纳入其中，聚沙成塔，构建起可持续发展、繁荣美好的世界新明天。

最后，希望本书能带给每一位读者奉献与爱的收获。

人生更大的价值，一定是利他的

米雯娟
VIPKID 创始人及首席执行官

读完庆群老师的新作，我深深感受到文学作为最亲切而又最深刻的叙述，在当下这个快节奏的时代依然一直在我们身边。基于志愿服务而创作的文学，更加能起到涤荡心灵的作用。因为志愿服务和文学本质是相通的，鼓励真善美，只不过文学通过文字表达，志愿服务则通过身体力行。

和庆群老师相识，缘于 VIPKID 和科技部国外人才研究中心的公益合作。随着互联网技术的发展，在她的倡议下，志愿服务的形态也在发生一些创新和变化。我们邀请数百名外国科学家、艺术家以及语言教师，通过 VIPKID 这间云上课堂，为偏远地区的孩子们送去了在线课程，将志愿服务的时空界限给打破了，开启了"云上引智"。

正如这本书中写到的那样："以为是在帮助别人，但最后发现得到帮助的是自己。"志愿服务是付出，更是分享。希望通过庆群老师的新作，能让我们在平凡的生活中打开一扇与灵魂对话的窗户，让更多人意识到：人生更大的价值，一定是利他的。

她把她和志愿者的故事说给你听

华 静

作家，笔名丹琨
中国国门时报社副总编辑
作品曾获中国新闻奖、老舍散文奖

向善，向美，义无反顾。这是我对作家徐庆群、志愿者徐庆群、媒体人徐庆群的素描。

"她是正能量的传播者。"这是我向人介绍庆群的时候，必说的一句话。她是一个富有朝气的宣讲者。每次活动中的她，端庄、大气、阳光，青年们都非常佩服和享受由她而来的气场。庆群在分享读书感受、分享志愿者经历、分享自己对公益活动的体验时，不是为了博得赞美，她都是想把正能量的声音传递出去。

罗曼·罗兰说:"世界上只有一种英雄主义,就是看清生活的真相之后,依然热爱生活。"庆群所记录的一切,都来自她经历的她遇见的生活。她原本就是一个志愿者,对志愿者诚恳热忱的公益心最能感同身受。

起初,她念念不忘作为一个志愿者的自豪,逐渐地,她开始回味作为志愿者的意义。做志愿者和做好事还是有区别的。每个志愿者总能给她许多有价值的启示,她开始专情于志愿者故事的挖掘。"志愿精神在于分享",她就这么做下来了,一做就是十四年,从不懈怠。

奋斗的青春最美。走过青春的庆群,依然保持着青春活力。关于爱的奉献,关于志愿人生,庆群有自己的解读:志愿者很平凡,每一次的志愿服务活动都会有新的挑战,但正因如此,也使个人价值得以提升。这样的获得感占据了庆群的记忆。

写这篇文字的时候,我的面前是一张我们的合影。端详着照片中那个青春飞扬的庆群,思绪又把我带回到那一年的冬季。

那是庆群在学习时报社做记者的时候,那年她只有二十多岁,干练,热情。当时急约我对一位著名作家做人物专访。她安排采访地点的时候,既考虑到我住的地方,又考虑到我的时间；同时，对被采访者也同样兼顾到这些。那次专访，她自始至终都安静地坐在我们身边，听我们交谈似的"聊天"。她手里一支笔、一个本，认真地记录着。我永远记得她眼睛里透露出的虔诚和自信，那是水晶般透明的纯净。

干一行爱一行，庆群的作为，就是很好的榜样。

这些作品即将集合成一本青春文学励志书，我觉得，里面的文字从根本上来说，是在弘扬志愿精神，纯洁志愿精神。

从事志愿服务工作，是庆群的选择。"从此，我诞生了一个不自卑的灵魂。"庆群说，二十年前她做志愿者的时候，还不叫志愿者，她从事的第一个志愿服务岗位，叫心理热线咨询员，通过电话为全国少年儿童答疑解惑。那时，她用透彻的语言和大家交谈，整个身心都被一种崇高的感觉激励着，不知疲倦地沉醉在工作的快乐中。

曾经的她，以志愿者的身份，追求无悔青春；而今的她，通过书写志愿者，再现了另一个新的自己。长情满满，伴着志愿者行与思的内在辉煌，她在公益事业中走出了坚实的一行脚印。

庆群出生于东北农村，以优异的成绩考入中国人民大学，做过记者，做过编辑，做过志愿者，做过管理者。在她写的《他们在行动——中国志愿者纪实》一书中，贯穿的一条主线就是：让人成长的不是岁月，而是经历；让人收获的不是索取，而是付出。

她思想的画面总是那么透明而干净，看似平淡的一条主线，实则意味深长。

古人说，"相由心生"，正因为庆群心里盛满了美丽的爱，她才会带给人那么多温暖。只要走近她，就仿佛感觉到一抹芳香也悄然而至。她爽朗的性格、秀美的面容，以及科学务实的工作作风，都让她整个人散发着时代女性的独特气息。"她自带光芒"，这也是我愿意重新认识她的初衷和动力。

庆群是"昨天的北漂女孩"，她也曾有过被孤立、被嘲笑的经历，但她谨记父亲那句"读好书，做好事"的叮嘱，从没有忘记自己为什么出发。奋斗的青春最美，值得一书。庆群知道，志愿精神重在分享，她想让每一个少年、每一个青年都做一个有爱的人；她想把一种干净的美传递给他们，让他们的青春多一种选择。

于是，她走进了中学、大学的校园。她与中学生畅谈志愿人生，与大学生畅谈青春与梦想；五四青年节，她做客高校青年沙龙，把志愿者的快乐感、成就感和幸福感分享给学子们，把她二十年如一日从事志愿服务的故事分享给学子们……其实，这哪里是单纯的分享啊，她真切地想看到一幅画面——和她一样经历的人越多越好。

从她的文字记录中，我们可以想见庆群在心里演奏着怎样美妙的乐曲。每个志愿者都有自己鲜活的个性，而庆群不仅仅只构建丰盈的精神生活，她还用自己的善美言行向青年们发出了召唤。她的演讲感人至深，她记录的那些志愿者们都有各自精彩的故事，她的字里行间流淌着至柔至纯的真情，极富感染力。

"不忘初心，就是力量。"此刻，将来，在志愿者的路上，庆群还会展示她最美的形象。由衷地相信，这会激发更多人对奉献的热情，让志愿者服务的氛围更加浓厚。审视那些无法重来的似水流年，庆群问心无愧。

在奉献中成长，离不开庆群的带领。

"志愿者让我闻到了太阳的味道！"一个西部女孩的话，打动了庆群。曾经，庆群和十几万名志愿者一样，奔赴祖国西部。在那里，她深切地感知到，志愿者就是一张爱心名片，会凝聚起一种力量。从一个地方到另一个地方，庆群会遇见很多难忘的人和事。理想与现实，有的时候会在那里碰撞出思想火花来，有的时候还会改变她对一些问题的认知。无论如何，那些经历都强化了她对志愿者文化的记忆。

庆群给自己的微信公众号起名为"小的爱"，正是这小小的爱的奉献，影响和带动了许多人参与到志愿者活动中来。

志愿服务事业是文明社会所需要的、不可或缺的一部分。只要愿意，每一个人都可以去做志愿者。但是，做好志愿者所肩负的每一项具体工作，并不那么简单，需要身体力行的坚守，需要用责任架起爱心长虹。没有乐于助人的情怀，不把关爱他人当成乐趣，是做不好的。

　　有人这么评价志愿者："他们用自身行动、自身经历感动着无数人，诠释着志愿者精神，丈量着这个世界。"而庆群则说："从事志愿者活动，这是一个再度发现自己的过程。"一个热情真诚、质朴优雅的庆群，就是在这个过程中练就出来的。

　　她读过的书、她见过的人和经历的事，塑造了她知性的美。自然流露的情感，透着蓬勃生气，把一个现代女性的高雅、自信表现得恰到好处。

　　和庆群接触久了，会感觉她的心里仿佛盛满了美丽的善和爱。当她的文章带着一股励志的气息悄然而至，当我们读懂了蕴含着她细致心思的每一段字、每一句话，当我们沉浸在她的文字里被触动了心灵，当我们欣赏着她揣梦而来的那种无以言说的从容之美，当我们有一天被她感染时，心中也会做好了重新出发的准备。

　　一切，都来自庆群。

后　记

开始写这篇后记的时候，我国的新冠肺炎疫情得到全面有效控制。但是全球确诊新冠肺炎超过235万例，中国以外约为227万例，疫情特别严重的国家有美国、西班牙、意大利、法国、英国等。

2020年3月12日晚，国家主席习近平应约同联合国秘书长古特雷斯通电话时强调：新冠肺炎疫情的发生再次表明，人类是一个休戚与共的命运共同体。国际社会必须树立人类命运共同体意识，守望相助，携手应对风险挑战，共建美好地球家园。2020年4月16日出版的第8期《求是》杂志发表习近平总书记重要文章《团结合作是国际社会战胜疫情最有力武器》。

　　的确，团结合作是战胜世界上一切艰难险阻的最强大力量。新冠肺炎疫情之所以在我国能得到较好的控制，靠的就是全体中国人民的众志成城、团结合作，我们的党和政府时刻把人民群众的生命安全和身体健康放在第一位。在这场心手相牵的人民战争中，数百万中国青年志愿者以初心为动力，以使命为方向，无论是在抗疫一线的医院还是基层防控的社区、乡村，他们都用无畏、无私、团结、合作、专业、敬业，为中国抗疫擎起了理想与信念的旗帜，让志愿精神和生命意义再次得到高扬和彰显。

　　2020年2月23日，在《在统筹推进新冠肺炎疫情防控和经济社会发展工作部署会议上的讲话》中，习近平总书记赞扬了广大志愿者等真诚奉献、不辞辛劳，为疫情防控做出了重大贡献。联合国秘书长青年特使贾亚特玛·维克拉玛纳亚克，对中国青年在抗击肺炎疫情中表现出来的责任感和行动力给予高度赞赏，号召世界青年与中国青年一起行动起来，共同战胜疫情。英国卫生大臣马修·汉考克2020年3月24日宣布发起"国民医疗服务体系（简称NHS）志愿者行动"，急招二十五万人投入抗疫战争。英国首相鲍里斯·约翰逊说："我们将击败新冠病毒，我们将一起击败它。"

2000年，时任联合国秘书长的安南这样说道："志愿精神是服务、团结的理想和共同使这个世界变得更加美好的信念。"从这个意义上说，志愿精神是联合国精神的最终体现。没有团结合作，就没有进步，更谈不上美好。因此，作为人类命运共同体的每一个人都应该高扬志愿精神，跨越民族、种族和国界，夺取抗击此次疫情的最终胜利。

在本书即将付梓之际，我除了特别想写下上面的话，还特别期待我们能用文学展示在这场波澜壮阔的全球抗疫战争中，那些已经发生和正在发生的可歌可泣的志愿者故事。让"志愿文学"弘扬主旋律、传播正能量，让志愿精神消除隔阂、跨越偏见，用志愿服务温暖灵魂、战胜灾难。

可以说，本书的成形也是志愿精神的结晶。感谢共青团中央青年志愿服务指导中心的支持，感谢张朝晖书记；感谢《中国青年作家报》的厚爱，感谢周伟先生、董学仁老师；感谢科技部国外人才研究中心领导和同事们的帮助；感谢龙安志先生、肖钢先生、李佳明先生、陈心颖女士、米雯娟女士、华静女士的鼓励；感谢希望出版社社长孟绍勇先生，特别是本书责任编辑田俊萍老师的帮助；感谢曾松亭博士、倪天勇先生、方鹏先生的付出……正是来自各方面朋友的倾情无私帮助，才促成了这本书的出版。

对太阳来说，无论地球上的人尊敬它还是躲避它，赞扬它还是诅咒它，都没有关系。不管人们说什么做什么，太阳只是一直闪耀着，奉献着，服务着。它给予光，持续地给予光，不要求任何回报，人们无论怎样做都无法熄灭太阳的光芒。书中谈到的志愿者，不正是这样一群人吗？庆群女士不但自己就是这样的人，她还通过自己的笔墨和情感，用"志愿文学"的方式，把这伟大的爱与光传播出去。

　　如果你刚好遇到志愿者，或者你就是志愿者，那一定要写"志愿文学"，把这个时代最美好、最高尚的人和事记录下来，把推动时代进步发展的独特力量记录下来。让更多人感受美好，这是一件多么好的事。

　　作为一名志愿者，帮助他人，意味着上升到一个比自己更伟大的事业。无私地为他人服务，就是要践行一种传统，这种传统是中国哲学的一部分，是中华民族成功的核心，是集体无意识。把志愿服务推广到其他国家和人民，就是要在人类共同命运的大矩阵中分享这一成功。我要感谢小小写下这部作品，它不仅能给今天的年轻人以启迪，而且能给后人以启迪。

无悔青春热血人生，到祖国最需要的地方去！